도서출판 **신세림**

마동강을 둘이 건널 때

이동휘 수필집

도서출판 **신세림**

마동강을 둘이 건널 때

이동휘 수필집

훗날 이 한 구절을 전해주시구러

　내가 우리나라 장편소설을 처음 구경하게 된 것은 중학교 일 학년 때 하숙집에서였다. 한 방에 같이 있던 상급생들이 정신없이 보고 있기에, '그렇게도 재미있느냐'고 신기해했더니, "아이들은 보면 안 된다"고 하면서 만져보지도 못하게 했다.

　그들이 나를 어린아이로 취급하게 된 데에는 하숙집주인 때문이었다. 주인은 여학교 선생이었는데 우리 이모님과는 친구사이였다. 그래서 이모님의 소개로 그 집에 하숙을 하게 된 것이다.

　여선생은 일본에서 대학을 마치고 여학교에서 가사과를 담임하고 있었는데, 빼어난 미인이어서 방학 때마다 다니러 나온 일본 유학생들의 청혼을 많이 받았다. 여선생은 시달리다 못해 사임을 하고 고향에 가서 결혼을 한 후 다시 돌아와서 복직을 했다. 아마도 이 고장의 명물인 재령 나무리 벌판의 찰진 이밥(쌀밥)의 맛을 잊지 못했던 모양이다.

　저녁이면 상급생들은 열심히 공부했다. 그러나 나는 책상 앞에서 졸기만 하다가 방석위에 꼬부리고 누워 잠이 들기가 일쑤였다. 이럴 때 우리 방을 둘러보려고 오신 여선생님이 잠이 든 나를 무릎 위에 뉘우시고, 상급생들과 오래도록 담화를 나누시곤 했다. 이런 일로 해서 상급생들은 내가 여선생님의 무릎을 베고 잔다고 어린아이라고 놀려댔던 것이다.

　나는 소설을 보고 싶은 충동을 이기지 못해 어머님을 졸라서 책 한 권을 마련했는데, 그것이 춘원 작 『흙』이란 소설로서 내가 처음 읽은 것이다. 그 후로는 내 책과 많은 책들을 바꿔가며 읽었다. 그러는 사이에 문학이 하고 싶어졌다.

　해방이 되어 그 꿈을 실현하고자 Y대 국문과에 입학했는데, 고향이 이북인 탓에 학교에 다니는데 어려운 점이 참 많았다. 졸업 후 언론계로 나갈 수도 있었지만 가족들의 반대로 교편을 잡게 됐다. 그때부터 몇 년 습작을 하다가 방송국으로 옮겨갔다. 그러나 박봉이어서 다시 나와 회사로, 자영업으로 전전하는 사이 오랜 세월 습작을 멀리하게 됐다.

　어느 날 모교에서 교지를 낸다고 원고를 부탁해 왔기에 40년만에 써 보냈다. 그

것을 기화로 다시 습작에 손을 댄 것이 몇 달 후 〈한국수필〉에 당선됐다. 79세에 등단이라 부끄럽기 한이 없었다. 그러나 "사람은 세상에 왔다가 글밖에 남기고 갈 것이 없으니 열심히 써라"고 한 저명한 시사평론가 Y형의 격려에 힘을 얻고, 수필집 저술에 전력을 기울였다. 팔십이 넘도록 보고, 생각하고, 행동한 것들로서, 모두 윤리에 바탕을 둔 것들이다. 내가 그런 방향으로 내 인생을 살아갈 수 있었던 것은 이모님들 때문이다. 유년 시절 이모님들을 따라 성당에 갔을 때, 성화(聖畵)에서 지옥불을 보고 큰 충격을 받았다. 지옥불에 빠진 어떤 남자가 하늘의 천사를 향해, "목이 마르니 내 입술에 물 한 방울만 떨어뜨려달라"고 애원하는 그림이었다. 남자는 전생에 돈이 많은 부자였으며, 천사는 그 집의 종이었다는 것이다. 종은 주인한테 학대를 받았지만, 착하게 살은 탓에 천사가 되었으며, 남자는 종을 학대하고 없이 여긴 죄로 지옥불에 떨어졌다는 것이다. 나는 그것을 보고 지옥불이 얼마나 무서운 것인가를 뼈저리게 느꼈다. "악한 일을 하면 지옥에 간다"는 것을 어려서부터 깊이 깨닫고 착하게 살아야 한다는 것을 신조로 삼아왔다. 그 깨달음은 일생동안 나침반처럼 나의 행로를 바르게 인도해 줬다. 이제 나는 노을빛에 기대서서 지는 해를 바라보게 됐다. 강 건너 서쪽하늘을 붉게 물들이던 고향의 저녁노을이 보고 싶어진다. 내게서 황혼 빛이 사라지기 전에 고향의 노을빛에 기대서서 볼 수는 없을 것인가? 훗날 이 한 권의 수필집이 누군가의 손에 들려져서 고향의 노을빛을 바라볼 수 있는 날이 오게 되거든 그 책 속의 마지막 한 구절을 전해주시구려.

그리고 이 한 권의 수필집이 나오기까지 시종 무한량의 노고를 아끼지 않으시고, 지도와 편달을 해주신 이시환 문학평론가 님에게 심심한 사의를 올리며, 나의 집필을 지대한 관심으로 지켜봐 주시고 지도해 주신 서정범 교수님에게도 감사를 드립니다. 아울러, 내가 다시 습작에 손을 댈 수 있도록 불을 댕겨주신 이종학 동문도 고맙습니다.

2003년 5월 24일
이 동 휘 씀

81세에 첫 수필집을 펴내다

서정범

이동휘 선생님은 올해 춘추가 81세가 됩니다. 79세때 「한국수필」 6월호에 등단하여 만 2년간에 61편의 작품을 써서 『마동강을 둘이 건널 때』라는 표제로 출간한 것을 진심으로 축하합니다.

이것은 한국문단사상 79세로 등단한 것도 처음이지만 고령인데도 2년만에 61편을 써서 책을 낸다는 것도 처음이 아닌가 합니다. 요즘 인생은 60부터라고 하는 말이 있는데 이동휘 선생의 경우는 인생은 80부터라고 하는 말이 어울린다고 하겠습니다.

이동휘 선생의 수필은 모두 이야기가 들어있는 수필로서 형식으로 봐서는 소설에 가까운 수필이라 하겠습니다.

「눈물 젖은 두만강」에서는 통학열차 안에서 친구인 허군에게 배운 눈물 젖은 두만강을 8순이 넘어서도 그 친구와 합창을 하는데, 세월의 무게에 노래의 의미가 변합니다. 일제의 식민지 하에서는 민족의 아픔의 눈물이었지만 8순이 넘어서 눈물 젖은 두만강의 '눈물'은 전통적인 가족 관계가 무너져가는 아픔의 눈물임을 보여주고 있습니다.

8순이 넘은 친구는 아들, 며느리, 손녀까지 다 있지만 자식들의 냉대속에 추운 방에서 불편한 몸으로 소외와 고독으로 신음하고 있습니다. "소주 한 병 차고 가서 술잔을 주고 받으며 흠뻑 취해서 눈물 젖은 두만강을 마지막으로 부르고 싶다"의 마무리는 가슴을 뭉클하게 하며, 작가의 따스한 우정과 연민의 정을 느낄 수 있습니다.

「할머니의 정성」은 남북분단의 비극으로 아들을 잃은 어머니와 홀로된 며느리 사이의 갈등을 통해 전통적인 가정의 애환을 형상화한 작품입니다.

「한 번의 실수」에서는 공산주의가 빚어내는 인간의 몰락을 형상화 함으로써 요즘 젊은이들의 잘못된 현실 인식이 비참한 비극을 초래할 수도 있다는 것을 생각게 하는 수필입니다.

「마동강을 둘이 건널 때」는 전통적인 성의 윤리를 다루었습니다.

「정직한 사람」은 거짓말을 찬밥 먹듯하는 위선자들에게 일침을 놓는 사회 비평적 의미가 있습니다.

「천원 짜리 점심」「용숫골 여선생」「어머니의 용서」「신선생 이야기」 등에서는 작가의 관조의 세계가 따스한 사랑에 바탕을 두고 있음을 엿볼 수 있습니다.

이동휘님의 작품은 따스한 인간애의 바탕을 둔 관조의 세계가 선명하게 나타나 있습니다. 작가가 살아오면서 얻어진 인생의 이삭을 재조명하고 거기에 의미를 부여했다고 하겠습니다.

그래서 독자는 평안한 마음으로 쉽게 이야기 세계에 들어가서 작가의 진솔한 정서를 흠뻑 느끼는 재미를 얻을 수 있는 즐거움을 갖게 될 것입니다.

더욱 건강하시고 더 좋은 수필을 쓰시기를 축원합니다.

2003. 6. 5

서정범

차 례

ⓞ 머리말 ▶ 4
ⓞ 격려사 /서정범 ▶ 6
ⓞ 발문 /이시환 ▶ 253

제1부

당찬 소년 홍원조 ▶ 17
개구쟁이가 철이 들 때 ▶ 21
할머니의 정성 ▶ 25
거울을 보세 ▶ 31

차 례

제2부

타버린 오동나무 상자 ▶ 35

들볶는 학부모들 ▶ 38

억울한 패자 ▶ 41

팔자소관 ▶ 45

잊지못할 정인엽 동창 ▶ 49

배운석 은사 ▶ 59

모교 역대 체육 은사님 ▶ 68

단 한 번의 실수 ▶ 73

용숫골 여선생 ▶ 78

제3부

K노인의 전차표 ▶ 85

내 힘으로 ▶ 88

그녀에게 새겨진 은인상 ▶ 91

약속을 목숨처럼 ▶ 95

인사불성 ▶ 98

어떤 인연 ▶ 102

신선생 이야기 ▶ 106

무상으로 넘겨준 38선 안내자 ▶ 110

나보다 남을 먼저 ▶ 114

7년만에 찾은 학점 ▶ 118

바로 박힌 눈동자 ▶ 121

차 례

이동휘수필집

제4부

어머니의 용서 ▶ 127

정직한 사람 ▶ 130

정직한 것이 제일이다 ▶ 133

휴머니즘의 개가 ▶ 137

잊지못할 김태진 군의관 ▶ 140

어느 광부의 뜨거운 이웃사랑 ▶ 143

몰래 넘는 서낭당 고개 ▶ 147

한 번 더 생각할 때 ▶ 150

불신시대 ▶ 153

차 례

제5부

하모니카 소리 ▶ 159

마동강을 둘이 건널 때 ▶ 162

고향 냉면 ▶ 165

음식맛은 시종일관해야 ▶ 168

맞지않는 궁합 ▶ 171

촌부(村婦)의 피맺힌 유산 ▶ 175

추석의 파수꾼 ▶ 178

술안주를 넉넉히 ▶ 181

백마농장의 억울한 누렁이 ▶ 184

잊을 것은 잊고 살아야 ▶ 187

탈북자는 우리 형제 ▶ 190

도라산 관광 ▶ 194

차 례

제6부

중앙선 임시계단 ▶ 199

제 탓이오 ▶ 203

뱀탕집 주인의 휴머니즘 ▶ 206

일하세, 젊어 일하세 ▶ 210

시영 급식소 ▶ 212

마음의 안정 ▶ 214

어느 교장의 죽음 ▶ 217

초지일관 ▶ 220

시신기증 ▶ 223

눈물 젖은 두만강 ▶ 226

천원짜리 점심 ▶ 230

극장 구경 다했네 ▶ 237

79세 학생증 ▶ 239

한 우물을 파는 사람 ▶ 243

끊어진 인간띠 ▶ 246

노을빛에 기대서서 ▶ 249

제Ⅰ부

· 당찬 소년 홍원조
· 개구쟁이가 철이 들 때
· 할머니의 정성
· 거울을 보세

당찬 소년 홍원조

어른들을 따라 고향으로 설을 쇠러갔던 두 어린 형제가 그 동네 웅덩이의 얼음 속에 빠져 가엾게도 목숨을 잃었다는 기사를 보고, 아득한 옛날 나도 고향에서 웅덩이의 얼음 속에 빠졌다가 구사일생으로 살아나온 때가 생각나서 누구보다도 더 안타깝고 가엾은 생각이 들었다.

내가 자라난 고향집 앞에는 넓은 들판이 탁 트여 있었다. 이 평야를 태상벌이라고 했는데 토지가 비옥하여 일년 지은 농사를 3년 먹는다는 전설이 전해오고 있었다. 따라서 광의 인심도 넉넉한 곳이었다.

내가 어렸을 때 남쪽 지방에는 수해나 한해가 번번히 일어났다.

그럴 때마다 생활 터전을 잃은 이재민들이 남부여대하여 살 곳을 찾아 웃녁으로 올라왔다. 그 중에서 우리 고장을 둘러본 사람들은 태상벌의 후한 인심에 반하여 지나치지 않고 보따리를 풀고 정착하는 수가 많았다. 웅덩이 속에서 나를 구해준 '홍원조'네도 그런 사연으로 정착하게 된 이재민 중의 한 사람이다. 그는 가난하여 학교에는 못가고 성당에서 운영하는 야학에 다녔다. 손전등을 못사는 야학생들은 야구공만한 작은 등피알을 씌운 호롱불을 들고 밤바람에 마음을 조여가며 더듬더듬 배움터를 찾아갔다. 음력 대보름이 지난 어느 날 나는 할머니 댁에 놀러갔다가 그 근처에 사는 홍원조를 만났다.

나는 여덟 살의 보통학교 일학년이었고, 홍원조는 아홉 살의 야학생이었다.

그는 나를 보자 "야! 너 개량반지 한 장 안 줄래?" 하고 물었다.

그가 가난한 줄을 알고 있었기에 "그러라"고 선뜻 대답을 했다.

그는 어른들이 쓰던 헌 방한모를 쓰고 있었는데 너무 커서 눈을 반쯤 가리고 있었다. 나보다 한 살 더 먹었지만 키는 작았다. 그러나 또릿또릿한 눈매의 당찬 아이였다.

북쪽 내 고향의 겨울은 영하 20도를 오르내리는 강추위가 휘몰아쳤다. 내복을 입어야 하는데도 그는 속내복을 못 입고 투박한 토시만 끼고 있었다. 소매로 스며드는 찬바람을 어느 정도 막아주기 때문이다. 그는 토시로 코를 얼마나 닦았는지 토시짝이 번들번들했으며 떨어진 버선을 신고 해진 고무신을 신고 있었다.

개량반지는 습자시간에 붓글씨를 쓰는 희고 얇은 종이인데 가난한 야학생들은 신문지에 썼다. 홍원조는 개량반지에 써보는 것이 소원이었던지 주겠다고 약속한 내 말에 신명이 나서 "우리 집 뒤뜰 안에 가서 얼음지치기 안 할래?"하며 나를 쳐다봤다.

얼음지치기라면 겨울철에는 가장 재미있는 놀이여서 군말 안하고 그를 따라갔다. 그의 집안에는 아무도 없었다.

부모들이 품팔이를 나가서 빈집이었다.

그 당시는 집집마다 한 두 마리씩은 다 기르는 흔해빠진 똥개 한 마리도 얼씬 안했다. 하기야 사람 먹을 것도 빡빡한 형편이어서 그 럴만도 했다.

뒷뜰에 들어서니 작은 웅덩이가 보였는데 시궁창 물이 얼은, 더러운 얼음판었다.

남쪽보다 추운 북쪽지방에서도 음력 대보름이 지나면 강가에서 쩡쩡 얼음 갈라지는 소리가 멀리 메아리져 왔다.

그 무렵 얼음을 타고 강을 건넌다는 것은 여간 위험한 일이 아니다.

홍원조네 웅덩이의 얼음도 단단해 보이지가 않았다.

홍원조는 썰매 위에 앉고 예리한 축집게로 얼음장을 지치며 웅덩이 둘레를 자신있게 누볐다. 어떤 때는 중앙선을 가로지르기도 했다.

그럴 때마다 웅덩이 한복판에 뚫려있는 동전만한 숨구멍으로 썰매가 지나갈 때마다 불끈불끈 구정물이 솟아올랐다. 홍원조는 재미있다고 신나게 오르내리더니 나보고도 해보라고 썰매에서 내렸다.

홍원조의 묘기를 흉내내 보려고 나도 썰매에 올라탔다.

처음에는 숨구멍 위를 별 탈 없이 지나갔는데 되돌아올 때였다.

썰매의 앞날이 숨구멍에 부딪치면서 팍삭 얼음이 깨지는 바람에 물 속으로 빠져버렸다. 발이 땅에 닿지 않아 허우적거렸다.

수영을 못배운 죄로 이대로 죽는구나 했다. 있는 힘을 다해 용을 써봤으나 빠져 나올 수가 없었다. 이 때 달려온 홍원조는 내 손을 양 손으로 꼭 잡고 악을 쓰며 끌어올렸다. 그러나 당찬 아이 홍원조도 역시 어린 소년이라 단번에는 안 되고 두 번 세 번 필사적으로 끌어당긴 끝에 마침내 내 허리가 빙판 위에 걸쳐졌다.

다음 순간 얼음이 깨질세라 마음 조이며 조심조심 기어나왔다.

그 때 만일 어린 나이의 홍원조가 겁에 질려 달아나기라도 했더라면 나는 홍원조네 웅덩이의 물귀신이 될 뻔했다.

젖은 옷을 화롯불에 말려 입고 그와 함께 집으로 왔다.

부모님에게는 겁이 나서 말씀도 못드리고 혼자서 안방에 들어가 서랍을 열고 개량반지를 전부 꺼냈다.

열장이 남아있었기에 그대로 들고 나와 밖에서 기다리는 그에게 줬더니 눈을 크게 뜨며 나보고 도리어 고맙다면서 집을 향해 깡총깡총 사라져갔다.

그때 부모님한테 야단을 맞더라도 자초지종을 말씀드렸더라면 부모님은 홍원조네 집을 친히 찾아가시어 그의 부모님에게 간절한 인사와 함께 개량반지 열 장 이상의 사례를 했을 것을 하고 그때의 나의 철없는 짓에 지금 죄책감을 느낀다.

당찬 홍원조의 어릴 적 용기는 아무리 생각해도 기적처럼 느껴진다.

설을 쇠려고 고향을 찾았다가 웅덩이 속에서 목숨을 잃었다는 어린 두 형제도, 그 때 홍원조와 같은 용감한 사람이 지키고 있었더라면 저 세상으로 안 갈 수도 있었는데 하고 남보다 더 안타까운 생각이 든다. ◑

개구쟁이가 철이 들 때

　내가 어렸을 때 선친은 나와 나들이를 하실 때면 반듯이 내 손을 잡고 다니셨다. 선친은 6척이 넘는 장신이어서 뛰어야만 따라갈 수 있었다. 빨리 걸으실 때는 숨이 차게 따라갔다. 그리고 성격이 엄하신 편이어서 내가 잘못했을 때는 호되게 야단을 치셨다. 선친은 비가 오면 덧구두를 신고 다니셨는데, 얇은 고무로 만든 신을 구두에 덧씌운 무거운 신발이다.

　어느 날 나는 매새이[1]처럼 크고 천근처럼 무거운 선친의 덧구두를 간신히 끌고 또래들이 놀고 있는 밖으로 나갔다.

　이리 비틀 저리 비틀하며 갈지자로 걸어가다가 뜻밖에 선친과 마주쳤다. 야단을 맞을 것이 두려워 오금을 못펴고 있는데, 뜻밖에 구두에 대해서 아무 말씀이 없으셨다. 실로 희한한 일이었다.

　철이 들어서야 비로소 그 뜻을 알게 됐다. 내 손을 잡으시고 빠른

---

1) 매새이:낚시질할 때나 강에서 그물을 걷어 올릴 때 타고 다니는 작은 목선
　　(황해도 방언)

걸음으로 걸으시던 것도, 덧구두를 신은 것을 내버려 두셨던 일도, 모두 나의 다리힘을 키워주시기 위한 배려였음을 알게 되었다. 학교에서 달리기를 할 때 신두를 시킬 수 있었던 힘도 그 덕이었다는 생각이 들었다.

내 고향 5일장은 사방 70리에서 모여드는 번창한 장이었는데, 선친은 그곳에서 규모가 큰 가구점을 경영하셨다. 원료구입차 도성(都城)에 올라가시면 내 마음에 꼭 드는 옷이나 신발을 사오셨다.
언제나 몸에 딱 알맞는 것들이었다.
다른 집 아이들은 새 신발을 신었을 때도 철래철래 끌고 다녔다. 그것은 그의 부모들이 칠칠맞지 못해서 자기집 아이의 발 크기를 제대로 몰랐기 때문이다. 이리하여 나는 어릴 때부터 앞집의 천석(千石)꾼네 아이보다 세련되게 차려입고 동내 아이들에게 자랑을 하며 다녔다. 선친께서는 교육열이 강하셨다. 계모 밑에 자라면서 공부를 많이 못했기 때문에 외독자인 나에게만은 더욱 지극정성이었두.

나보다 두 살 더 먹은 '은실'이는, 촌수가 먼 누나뻘이었다.
내가 초등학교에 입학할 때 일학년에 같이 들어갔다. 그의 집은 우리 고장에서 50리를 더 가야했으며 산골 마을이어서 학교가 없었다. 그래서 우리집에서 다니기로 하고 내려온 것이다.
산골에서 자란 은실누나는 집에 나와 단둘이 있을 때는 자기집에서 하던 무당놀이를 자주 보여줬다.
산골의 구경꺼리라고는 '굿'이 유일한 볼거리였던 모양이다.

"모여리라 모여리라 오늘 날에 모여리라"하며 무당의 주문(呪文)을 종알종알 흉내내다가, 회두리판에는 굿거리장단 대신 덩덕쿵 덩덕쿵하며 둥실둥실 무당춤을 췄다.

그런데 학교생활이 시작되면서부터 그처럼 즐겨하던 무당놀이에서 손을 떼고, 발치잠을 자면서도 공부에 파고 들었다. 학급에서 일등을 하고 반장까지 되자 그는 당당해졌다. 그러나 나는 노는 데만 정신이 팔려 자전거 타기와 술래잡기를 즐겨 했다. 부모님들은 공부하기 싫어하는 나에게 은실누나를 닮으라고 귀가 따갑도록 타일렀다. 그러나 소귀에 경읽기였다.

그 당시는 책을 책보에 싸가지고 다녔다. 여자아이들은 허리에 졸라매고 남자 아이들은 어깨에 둘러메고 다녔다. 학교에 입학한 몇 달 후였다. 선친은 도성에 가셨다가 저녁녘에 돌아오시면서 책가방을 사오셨다.

우리 고장에서는 책가방을 메고 다니는 학생이 드물 때였다.

가족들이 보는 앞에서 선친은 책가방을 메워주시고 이모저모로 뜯어보시며 흐뭇해하셨다. 이 때 은실누나가 샘이 났던지, 느닷없이 흥을 깨버렸다. 오늘 내가 교무실에 끌려가서 벌을 섰다고 일러바친 것이다. 무르익었던 책가방의 분위기가 산산조각이 났다. 나는 선친한테서 책가방을 압수당하고 어두운 집밖으로 쫓겨나게 되었다. 선친이 나에게 책가방을 메워주실 때 환했던 만면의 희색이, 은실누나의 폭로 한 마디로 가차없이 살아져버렸다. 나는 지금도 그때의 애절했던 선친의 표정을 잊을 수 없다.

내가 학교에서 벌을 서게 된 것은 시작종이 울렸는데도 교실에
들어갈 생각을 않고 또래들과 운동장에서 그네를 뛰었기 때문이다.

은실누나를 본 받아라 하시넌 부모님의 충고를 진작에 순종했더
라면 이런 일은 없었을 것을 하고 크게 뉘우치고 학업에 전력을 쏟
았다. 그 결과 중학교에 무난히 합격했다.

그 후 대학진학 준비 때는 하루에 다섯 시간씩만 잤다.

여름에는 반바지차림으로 밤 늦게 잠이 들었다가 새벽녘에 산산
해지면 스스로 잠이 깼다.

겨울에는 제아무리 하숙방이 추웠지만 한복을 입은 채 자면 새벽
에 일어나기가 수월했다. 이런 노력이 습관이 됐을 때 동네 사람들
은 나에게 반가운 소식을 전해줬다. 선친께서 동네 방네를 다니시며
‘우리 아이가 이제는 공부에 취미를 붙쳤다’고 기뻐하신다는 것이
었다.

나는 그 후도 고삐를 늦추지 않고 수험(受驗) 준비에 몰두했다.
책가방 사건 때 선친의 실망을 가슴에 새기고 진학준비에 박차를
가했다. 살아있다면 여든 고개를 넘긴 은실누나는 지금 남한에 없
다. ☯

할머니의 정성

　고향마을에 살던 유선배 모친은 오늘도 나를 만나자 흐느껴 울었다. 몇일 전에 만났을 때도 우시더니 오늘 또 우는 것이다.

　모친은 아는 사람을 만나면 운다고 했다.

　눈물이 다 말라버렸는지 눈물은 안 흘리고 목메인 소리로 흐느낀다. 아마도 비슷한 사람을 보면 비명에 간 아들 생각에서일까?

　스무 살에 청상과부가 된 유선배 모친은 유복자만 바라보고 혼자 살아왔다. 팔자를 고치라는 권유도 많이 받았으나 모두 거절하고 핏덩이를 가난한 친정에 맡기고 닥치는 대로 일을 했다.

　고된 노동에 지치던 어느 날 이웃 여집사 소개로 미국인이 경영하는 종합병원에 간호보조원으로 들어가게 됐다. 예수도 그때부터 믿었다. 입원환자들을 근무시간 외에도 자주 찾아보고 성심껏 돌봐준 결과 여자환자들은 늘 그를 언니나 동생처럼 반겼다.

　유복자는 커서 배우가 됐는데 보기 드문 효자였다.

　모친에게 소외감을 주지 않으려고 집안일을 같이 의논하고, 아침

문안 인사도 거르지 않았다. 가족들과 나들이를 나설 때도 모시고 다니는 등 효성이 지극했다. 해방 다음 해 월남하려 했으나 연예계에서 그를 놔주질 않았다. 그것은 해방 직후에 월북한 희극계의 최고 스타인 '신불출이'와 쌍벽을 이룰 정도로 6척 장신인 임선배의 코메디 연기가 특출했기 때문이었다. 그래서 주저 앉아 있다가 1·4 후퇴시 가족들과 피난을 나오던 중 38선 근처에서 이쪽의 치안대원에게 부역을 했다는 죄로 처형을 당했다. 실로 하늘이 무너져 내리는 참변을 당한 것이다. 그런 와중에도 유선배의 모친이 더욱 애통해 하는 것은 아들이 죽지 않을 수 있었는데 억울하게 죽었다고 하는 점이다. 아들을 향해 당긴 총알이 일곱 발이나 피해 갔는데도 기어이 한발 더 쏴서 죽게 했다고 사람들을 만날 때마다 여덟 발 사건을 빼놓지 않고 강조했다. 그러면서 '옛부터 총알이 일곱 발씩이나 피해가면 하늘이 내린 사람으로 알고 살려준다고 했는데' 하며, 더욱 애통해 했다.

나는 이런 말을 들었을 때 '유선배의 모친이야말로 간호원시절부터 많은 환자들에게 성심 성의를 다한 희생적인 봉사자였는데, 이런 끔찍한 일을 당하다니 하늘도 무심하시다' 하고 서글픔을 가눌 수가 없었다.

모친의 오열이 그칠 날이 없자 그의 충격을 가라앉힐 생각으로 박장로 교회로 인도했다. 그는 그곳에서 미친 듯이 손뼉을 치고 찬송을 부르고 괴성을 지르고 하는 사이 부지불식간에 광신도가 되더니 마침내 몇 년 후부터는 악몽같은 충격에서 벗어나기 시작했다.

완전히 회복이 됐을 때는 50대 중반이었는데, 그때부터 모친은 식구들을 위해 팔을 걷어 부쳤다. 며느리가 해주는 새벽밥을 먹고 동해안을 누비며 건어물을 날라다 넘겼다.

4~5년간 종종걸음을 친 결과 집 한 채를 마련했으며 모친도 이제는 할머니가 되었다. 기운이 딸려 행상을 그만 두고 며느리와 가내공업을 시작했다가 며느리에게 맡기고 교회사람들과 심방을 다녔다. 그런데 어느 날이었다. 이웃에 사는 할머니가 찾아와서 뜻밖의 말을 하고 갔다.

며느리가 뒷집의 홀아비와 창가에 마주 서서 희희낙낙하며 정답게 대화를 하는 것을 여러번 봤다고 했다. 그러면서 '젊은 며느리를 붙잡아 두지 말고 재가(再嫁)시키지 그러느냐'고 했다. 할머니는 하늘이 노래졌다. 세 번째 충격이었다.

할머니는 마음속으로 '우리 며느리는 그럴 리가 없어. 언제 그럴 틈이 있었단 말인가' 하고 다잡아뗐으나 그의 제보가 자꾸 마음에 걸렸다.

그렇다면 심방을 다니는 사이 사달(四達)이 났다는 말인가?

할머니는 그날부터 나들이를 안하고 칩거하면서 며느리를 살폈다. 며칠이 지나도 낌새를 챌 수 없어 조급해하다가 이웃에서 쪽집게라는 점쟁이를 소개하기에 찾아갔더니 좋아하는 사람이 있다는 점괘가 나왔다.

그래서 바싹 긴장하고 있던 어느 날 2층에서 며느리의 웃음소리가 가냘프게 흘러나왔다. 곧이어 홀아비의 말소리도 도란도란 들려왔다.

깨가 쏟아지는 정담이 조심조심 오고 가더니 얼마후 며느리가 2층에서 내려왔다. 할머니의 눈치가 심상치 않자 그는 밖으로 나가버렸다. 할머니는 가슴이 떨려 며느리를 불러 세우지 못했다.

할머니가 뜬 눈으로 밤을 새운 다음 날 아침, 며느리는 아이들을 학교에 보내고 난 후 할머니에게 '이제는 팔자를 고쳐야겠다'고 선언을 했다. 할머니는 이럴 수기? 올 것이 왔단 말인가? 얼떨떨해 있다가 "네가 팔자를 고치고 나가버리면 어린 것들을 나 혼자서는 키울 자신이 없다. 내 나이 60이 다 됐으니 전처럼 쫓아다닐 힘도 없다. 그러니 재가할 생각을 말고 아이들을 같이 키우자. 만일 네가 나간 후 저 아이들이 철도 들기 전에 나마저 죽어버리면 우리 아이들은 천애의 고아가 된다"라고 말하자,

며느리는 고개만 숙인 채 말이 없었다.

그 후 할머니의 집안은 살얼음판이 됐다.

며느리는 할머니 말에 항의는 못하고 전에 없이 하찮은 일에도 금쪽같이 키운 손녀손자를 두둘겨 패며 분풀이를 했다. 할머니의 가슴은 천갈래 만갈래 찢어지는 듯 아팠다. 한편 색시적에 겪었던 고약스러운 외로움이 떠올랐다.

며느리더러 그것을 견디라고 강요할 수는 없지 않은가!

며느리의 몸부림이 오히려 가엾기까지 했다.

그러나 '나는 이제 늙어버렸으니' 하는 넋두리를 하며 행길가로 나와 버스에 올랐다. 흘러내리는 눈물로 차창밖이 보이지 않았다. 고민을 하다가 눈을 감고, 그러다가는 잠이 들고, 종점까지 갔다가는 되돌아오고, 하릴없이 왔다갔다하는 사이 밤이 깊었을 때, 운전기사가 할머니를 깨웠다.

"할머니 종점에 다 왔습니다. 이 차는 차고로 들어갑니다. 내리셔야 합니다." 그제서야 할머니는 정신을 차리고 차에서 황급히 내렸다.

이제 어디로 갈 것인가? 설움이 북받쳐 올랐다. 정처없이 더듬더듬 밤길을 헤매고 있을 때 통행금지 싸이렌이 어디선가 들려왔다. 당황하여 파출소로 찾아갔다. 날이 밝을 때까지 기다렸다 가자고 부탁한 즉 소파를 비워 주었다.

쭈그리고 앉아 눈을 붙였다.

다음 날 아침 집에 갈 마음이 내키지 않아 그 날도 타고 걷고 쉬고 하며 하루해를 보내다가 날이 어두워졌을 때 다시 버스에 올라타고 어제처럼 오고갔다.

막차로 종점까지 돌아왔을 때 그만 의식을 잃어버렸다.

고뇌와 과로로 혼수상태가 된 것이다.

운전기사가 병원까지 실어다 줄 때까지도 할머니는 깨어나지 못했다.

얼마나 지났을까? 흐느끼는 소리에 의식을 차려보니 며느리가 쭈구리고 앉아 손을 붙잡고 이 세상 누구보다 가장 슬픈 소리로 오열하고 있었다. 할머니가 바라봤을 때 그는 목멘 소리로, "어머님, 잘못했어요 어머님과 아이들 곁을 떠나지 않겠어요"하며 울음을 계속했다. 할머니도 고맙다고 하며 같이 울었다. 그러나 며느리가 다시 가여워졌다. 며느리가 겪어야 할 천길 만길의 고독을 누구보다도 더 잘 알기 때문이다. 혹시 다음에라도 나를 야멸차다고 하지는 않을지 '아이들이 클 때까지 네 번째 충격은 비껴가게 해주십사'고 기도하는 할머니의 노안에 이슬이 맺혀 있었다.

나는 몇 년 동안 할머니를 찾지 않았다. 며느리는 내가 방문할 때마다 '그이가 이남에 오셨더라면 희극계에서 인기가 높은 구 아무개처럼 코메디언으로 이름을 날렸을 것을'하며 사별한 유선배를 떠올렸기 때문이다.

그럴 때마다 할머니의 눈치를 살피는 게 가슴이 아팠다.

그러나 오늘은 할머니의 환갑날이어서 불가불 찾아갔다.

몇 년 사이에 집이 많이 들어서서 방위(方位)가 헷갈리기에 구멍가게에서 선물을 사며 손자 이름을 대고 집을 물었다. 그랬더니 바로 빌라 뒷집이라고 하며, '할머니는 착한 며느리를 두어 복도 많다'고 하면서 '동네에서 며느리 칭찬이 자자하다'고 했다.

지지리도 풍파가 많았던 유선배 모친에게 말년에야 복이 찾아 왔나보다. 다행이라는 생각을 하며 회갑장으로 가볍게 발을 옮겼다.

그 후 할머니는 손녀 손자를 대학까지 졸업시키고 시집 장가를 다 보냈다.

의사 남편을 따라 미국에 가서 개업을 한다는 손녀는 자기 모친을 여러번 미국으로 초대했으나, 할머니는 고령이라 그랬는지 한번도 초대를 못받고 미국 구경도 못해본 채 세상을 떠났다.

며느리가 재혼하지 못하게 막으며 손자 손녀를 어렵게 키워준 할머니의 정성은 과연 어디로 갔을까? ☯

거울을 보세

오늘 옛날 안경을 오래간만에 보았다.

테가 동구스럼하고 새까만 '로이더 안경'이 낯설기까지 했다. 나는 그것을 보는 순간 시골교회에서 들었던 어느 목사의 설교가 생각났다.

오후에 설교를 하기로 한 어느 신학생이 점심을 먹고 기숙사에서 깜박 잠이 들었다는 것이다. 이 때 짓궂은 학생 하나가 그의 눈에 붓으로 까만 로이더 안경을 그려놓고 나가 버렸다. 그후 종소리에 낮잠을 깬 신학생이 그런 줄도 모르고 그대로 강단에 올라가서 설교를 시작했다. 얼마 후 그의 안경이 가짜인 것을 알아차린 학생들이 낄낄거리기 시작했으나 그는 눈치를 전혀 채지 못했다. 다만 자기의 설교가 재미 있어서 그런 것이려니하고 용기를 얻고, 손짓 발짓까지 했다. 그러자 웃음소리는 점점 더 높아만 갔다. 때가 여름이어서 무더워서 그랬던지, 이마에서 흐르는 땀방울을 닦다가 그만 안경다리 하나가 뭉개져버렸다.

이리하여 장내는 일대 폭소가 터져나왔다고 했다. 그러면서 항상 거울 앞에 서서 몸과 마음을 단정히 해야한다고 했다.

나도 거울을 안들여다보고 전동차에 타고 가다가 큰 실수를 한 적이 있다. 이른 아침이라 차 안에 서서 가는 사람은 한 사람도 없었다. 길게 마주앉고 편안한 자세로 타고 가는데, 앞좌석의 은근한 시선들이 이따금씩 나에게로 몰려왔다. 그래도 관심을 안두고 가는데 맞은 편에 앉아가던 젊은 학생이 넌지시 일어나서 내 앞으로 다가왔다. 그리고 귀에다 대고 "아저씨 앞이 열렸어요"했다. 그제서야 양복바지의 지퍼를 황급히 올리며 옆칸으로 피신했는데 아침에 집을 나설 때 거울을 안보고 나온 것을 크게 후회한 적이 있다.

나는 그 후부터는 거울에 더욱 신경을 쓰게 됐다. 집을 나서기 전에 거울 앞에서 매무새를 고치는 것은 물론이요, 심지어는 잇새와 코 안까지도 점검한다. 전에 맞선보러 갔던 어떤 총각 녀석이 그런 것을 미처 다듬지 않고 나갔다가, 툇짜를 맞고 왔다는 말을 듣고부터는, 그 곳의 점검을 각별히 유념해 왔다.

거울이 있어야할 곳에 없는 수가 많다. 약속 장소에 누구를 만나려고 들어갈 때 문 앞에 거울이 걸려 있으면 머리나 매무새를 고치는데 매우 편리하다. 그러나 그렇지 못한 곳이 많아서 불편할 때가 많다. 공중화장실이나 전철역 같은 곳에서는, 있던 거울도 어디엔가로 치워버렸거나 아예 산산조각을 낸 곳도 보게 된다. 있는 거울을 안들여다보거나 없어서 못보거나 한다면, 그 낭패는 과연 누구에게 돌아갈 것인가를 생각하니 쓸쓸하기 그지없다. ☯

제 Ⅱ 부

· 타버린 오동나무 상자
· 들볶는 학부모들
· 억울한 패자
· 팔자소관
· 잊지못할 정인엽 동창
· 배운석 은사
· 모교 역대 체육은사님
· 단 한 번의 실수
· 용숫골 여선생

타 버린 오동나무 상자

일정 때 경축일에는 학교에서 교장선생님이 "찡 오모니 와가 고소고소"하며 두꺼운 종이에 쓴 큰 글자를 엄숙한 목소리로 읽어 내려갔다. 소위 '칙어'라고 하는 일본 천황의 교시였는데, 이때 학생들은 머리를 숙이고 엄숙한 심정으로 황송하게 듣고 있어야 했다.

이 칙어를 보관하는 오동나무 상자 근처에는 아무나 접근을 못했다. 교직원 서열에서 최상위자만이 다룰 수가 있었다. 이것을 식장으로 옮겨 갈 때는 상체를 약간 구부리고 두 손으로 머리 위에 정중히 치켜올린 다음 발소리를 죽여가며 조심조심 발을 떼야한다. 식단에서 기다리는 교장선생님에게 건넬 때에는 또 한번 굽신한 후 건네줘야한다. 마치 그 오동나무 상자 속에 신령님이 들어있는 것 같았다. 우리 모교에서는 서열이 낮은 일본선생이 했다. 일본사람에게 시키도록 학무국에서 명령을 한 것 같았다.

그 일인 교원이 숙제를 안 해온 어린 학생을 채찍으로 머리가 터질 정도로 때리는 끔찍한 일을 저질렀다. 이리하여 아이의 담임선생이 격노하는 등 일대 소동이 벌어지게 되자 그 후 상자 배달원이 교체됐다.

이리하여 후임자로 전직원 중의 일순위인 이명원 은사가 뽑혔다. 어느 경축일 때였다. 강당에 만장한 전교생들이 '데이도'[1]하는 사회자의 구령에 맞추어 머리를 숙이고 칙어상자가 나타나길 기다리고 있었다. 그런데 가장 신성시해야 할 이 순간에 느닷없이 강당 입구에서부터 뚜벅뚜벅 걸어오는 요란한 구두 발자국 소리가 다가오고 있었다.

희안하다싶어 고개를 갸웃하고 곁눈으로 살폈더니, 이명원(李明遠)선생님이 문제의 상자를 머리 위에 떠 받들기는 커녕 배꼽 밑에 내려놓고, '이까짓게 뭔데'하는 식으로 좌우를 힐끔힐끔 살피면서 반화[2] 소리도 당당히 식단 앞으로 걸어오고 있었다.

일장의 광경이 이쯤 되자 전교생들은 떨리기 시작했다. '혹시 불령선인[3] 으로 몰려 잘못되는 것은 아닐까?'하고 불안하기까지했다. 그러나 하도 당당한 은사님의 표정을 읽고난 우리들은 '반일의 몸가짐이 저 정도는 돼야한다' 하는 생각이 들면서 막혔던 가슴이 확 뚫리는 듯했다. 식이 끝난 후 저마다 속으로 쾌재를 불렀다. 이리하여 '운반책'은 다시 바뀌어 일인 교사 2순위로 넘어간 일이 있었다.

이명원 은사님이 그때 칙어상자를 배밑까지 내리고 강당 안을 활보하신 것은 우리들에게, '칙어가 하는 소리에 현혹되지 말라. 우리

---

1) 데이도(低頭) : 머리를 숙인다는 일본어
2) 반화 : 주로 실내에서 싣는 가죽구두
3) 不逞蘚人 : 사상이 불량한 사람을 일컷는 말로 일제시대 통용되었던 말

는 빼앗긴 것을 도로 찾아야 한다. 삼천리반도의 젊은 학도들은 각성하고 뭉쳐서 나라를 찾는 일에 밀고 나가라'하는 메시지를 행동으로 보여주신 것이다. 일제 압정에 주눅이 들린 우리들에게 용기를 가지게 하신 것이다.

우리들의 어린 가슴을 불안하게 했던 오동나무 상자는 8·15해방이 되자 불태워버렸다. 경축일마다 시달려야 했던 악몽에서 벗어나게 됐다. 마침내 괴물상자의 장본인들은 알몸뚱이로 제 땅으로 쫓겨갔다. 패망한 그들의 나라 안은 아수라장이었다. 그러나 저들은 지금 궁지에서 벗어나있다. 그들은 단결을 신조로 하여 일어선 것이다. 지금 우리가 뒤떨어져 살고 있는 까닭은 뭉치지 못한 때문이리라. 정치인들이 하나로 단결한다면 당리당략 때문에 싸우지도 않을 것이며, 우리의 피곤함도 사라지게 되지 않을런지. ☯

들볶는 학부모들

  공장에 광석이 도착 안했기에 최 광주에게 전화를 걸었다. 그랬더니 아이들을 태우고 등교했다는 것이다. 집 앞에서 버스를 타면 3, 40분이면 도착하는 5, 60리 길을, 아침마다 자가용으로 등교를 시킨다고 부인은 못마땅해했다. 이런 말을 들었을 때 내가 옛날 기차통학하던 때가 생각났다.

  우리 동내에서 읍내 중학교까지는 사십 리를 가야했다.

  시오리(6㎞)는 자전거로 가고 나머지는 기차로 갔다.

  통학생을 태운 새벽 열차는 반시간 후 우리를 내려 놓고 곡창지대인 '나무리벌판'을 돌아서 구월산쪽으로 달아났다.

  어머니는 새벽 네 시부터 나를 깨우셨다. 간 밤에 늦도록 자습하고 곤히 잠든 어린 아들을 깨우기가 안스러워 큰소리도 못내시고 작은 소리로, 많이도 못 흔들고 잠깐 잠깐씩…… 어머니의 피를 말리는 이 고역이 한참 지나서야 겨우 일어났다. 눈도 제대로 못뜨고 입안에 밥을 떠 넣는 사이, 어머니는 책가방을 드시고 봉당으로 나가시어 자전거에 매달아 주셨다. 밤새도록 얼어붙은 자전거의 안장을 양손바닥으로 녹여 주셨다.

우리 일행은 새벽마다 동구 밖에서 만나 자전거를 타고 역으로 나가서 기차를 탔다.

기차에서 내리면 이른 아침이라 학교로 바로 가지 않고 시내로 들어갔다. 볼 일이 없는데도 한바퀴 돌아와야만 직성이 풀렸다.

인적이 드문 새벽 거리에는 쇠똥을 줍고 있는 중국사람만 보일 뿐 오가는 사람은 거의 없었다.

교실에 돌아오면 도시락들을 꺼내 먹었다. 새벽에 먹고 왔는데도 먹고 싶었다. 조회 종이 울릴 때까지 서너시간 자습을 했다.

어쩌다가 수업이 일찍 끝나는 날은 빨리 집으로 돌아가려고 정거장으로 달려갔다. 수업을 다 끝내고 간 날은 외등도 없는 한촌역 앞이 칠흑처럼 어두웠기 때문이다.

그래도 달이 밝은 저녁은 낭만이 있었다. 휘엉청 밝은 달빛 아래 자전거를 몰고 가며 목청것 노래를 불렀으니…… 그 때의 흥겨운 맛이란 우리들만의 특권 같았다.

시장기가 올 때는 화롯가에서 끓고 있을 찌개냄비가 생각났다. 저녁을 먹고 나면 자습을 했다.

전체 자습시간은 오고 가는 통학열차에서, 아침 교실에서 저녁에 집에 돌아와서 그리고 일요일이 전부였다.

어느날 새벽에 뜻하지 않은 일로 나는 일행 뒤에 처지게 됐다.

영하 20도를 오르내리는 새벽바람은 내 차를 딱딱 가로막았다.

오늘은 첫 차를 타야만 시험을 볼 수 있다.

멀리 깃발이 내려졌는데도 내가 보이지 않자 일행들은 역장님을

▲ 중학교 때 모습(일본 나라시에서)

붙잡고 "뒤에 한 사람이 따라 오고 있습니다. 이 차로 가야만 오늘 시험을 볼 수 있습니다" 하고 사정하자 역장님은 열차를 잠깐 세워 놓고 기다려준 일도 있다.

이처럼 등교길이 불편했으나 그런 속에서도 우리는 진학의 꿈을 키웠다. 촌각을 다투어 학업에 몰두한 결과 좁은 대학의 관문을 무난히 통과했던 것이다. 명문교일수록 일인들이 자리를 과반이나 차지했던 탓에 진학의 경쟁은 더욱 치열했다. 그러나 우리들은 학원공부는 모르고 살았다. 학교 공부에만 전력을 다했다. 보충교재는 참고서뿐이었다.

학원을 쫓아다니는 고달픔도 모르고 공부했다. 지금의 우리 학생들은 학원열풍에 너무 지쳐있다. 학부모들은 무리한 경쟁심리로 자신의 아들 딸들은 가혹하게 내모는 것이 아닌지.

하루속히 의기투합하여 학원으로 몰려가는 고역을 다 함께 같이 거두고, 예전처럼 학교에서 배운 실력만으로 겨루게 할 수는 없는 것일까.

도중에 이탈자만 안생긴다면 이 합의제는 영원하지 않을런지.

일등 국민이 되고 싶은 사람은 감히 엉뚱한 배신은 꿈도 안꾸리라. ◐

억울한 패자

기다리던 버스가 바로 내 앞에서 정거하기에 일등으로 올라타고 운전석 뒷자리에 앉았다. 그런데 낯익은 목소리가 도란도란 들려왔다. 귀를 쫑긋하고 그 쪽을 살폈더니 운전기사의 소리였다.

자세히 바라본 즉 지난날 동문수학했던 김주현이었다.

실로 반세기만의 해후이다.

반가운 우리들의 환호 소리가 잠시 주위를 시끄럽게 했다.

그는 지금 내가 타고 있는 버스의 운전기사였다.

그렇지 않아도 며칠 후에는 동기동창들의 모임이 있기에 참 잘 됐다 싶어서, 동창회가 있으니 나와달라고 했다. 매년 봄, 가을이면 강원그룹의 부회장인 정인엽 동창이 우리를 초청하여 대접을 해 오 는데, 이 번에도 그런 모임이니 부담을 갖지 말고 꼭 나오라고 했더 니 반가워하며 쾌히 약속을 했다.

버스에서 내려 집으로 돌아오면서 나는 오늘 큰 수확이라도 거둔 것 같아 가슴이 뿌듯했다.

세월이 갈수록 하나 둘 동창들이 어디론가 떠나는 마당에, 반세기만에 새로운 동창을 하나 더 찾았으니 말이다.

그런데 한 가지 신경이 쓰이는 것은, 과연 그가 동창회에 나와 줄것인가 하는 문제였다. 그가 학교를 중도에 못다니게 된 일로 해서 혹시 패자 같은 기분이 들어 에라이하고 치워버리지는 않을까 하고 안타까운 생각이 들었다.

김주현이가 학교를 못다니게 된 데에는 다음과 같은 사연이 있었다.

그와 내가 학교에 입학하고 한 달이 지났을 무렵이다. 방과 후에 전교생들과 서양촌의 한목사(미국인)네 집으로 몰려 가서 학교를 선교회에서 손을 떼라고 연좌 데모를 했다.

여러날 밤이 깊도록 데모를 한 끝에 마침내 그들은 손을 떼게되고 학교는 우리 손으로 넘어오게 됐다. 물론, 그 때 김주현이도 같이 투쟁했다.

그 뿐만이 아니다. 운동장이 없어서 층층진 산 언덕을 전교생들은 곡괭이와 삽으로 파고 던지고, 리어카로 나르고, 로라로 다지고, 공부도 제대로 못하면서 몇년을 운동장을 닦느라고 동원되었다. 그 때도 김주현이는 우리와 같이 땀을 흘렸다.

더구나 우리 학교 승격을 좌지우지한다는 존엄하신 학무국장께서 학교를 심사하러 왔던 그 날은, 하필 진눈깨비가 난무하던 대한 추위때였다. 운동장에 도열한 전교생들은 그에게 용맹과 열의를 과시한다고 윗통을 벗어 젖히고 빨갛게 얼은 반라의 몸으로 목검체조를 해낼 때도, 김주현이는 3학년 줄에서 합세를 했다.

그 후 마침내 인가는 나왔으나 인문계 학교에 인색한 일본인들은 겨우 매 학년마다 한 학급식만 인가했다.

학생도 있고 시설도 있는데 이럴수가! 결국 검정시험을 통해 절반만 선발한 후 탈락한 사람들은 무자격자로 돼됐다. 다음 해에 2학급제로 인가가 나왔기에 이제야 떨어진 학생들이 구제를 받는 날이 왔나보다 했는데, 어렵쇼? 이번에도 또 검정시험으로 선발한 후 치사스럽게 두 사람을 떨어뜨린 것이다. 그 두 사람 중의 하나가 바로 김주현이었다.

돌이켜 생각하면 한 날 한 시에 같이 입학하여 갖은 어려움을 극복하는 일에 줄곧 함께 동참했던 그 두 사람의 점수가 모자랐다면 도대체 얼마가 모자랐느냐 말이다.

일본인들은 이렇게 가혹한 짓을 했다.

그로부터 반년이 지난 어느 가을 우리가 만주로 수학여행을 갔을 때, 김주현이가 홀연히 여관으로 찾아왔다. 그는 그 때 학교에서 나간 후 운전기술이라도 배운다고 머나먼 만주땅으로 떠나온 것이다. 얼마 전까지도 우리와 똑같은 정복에 같은 정모를 쓰고 지난 3년 세월을 함께 뒹굴던 김주현이가 낯선 제복에 낯선 모자를 쓴 것을 봤을 때 울컥 서글픈 생각이 들었다. 바로 그를 오늘 50년만에 만난 것이다.

동창회가 있던 날 반신반의했던 김주현이가 요행히 나와줬다.

50년만의 상봉이라 모두들 몰라봤다. 옛날 여행지에서 만났던 추억을 아무도 꺼내지 않았다.

그의 자동차학원 시절의 가여웠던 모습을 떠올리지 않기 위해 서로 조심해서였을까? 그저 웃고 떠들고 노래만 불렀다.

한참 후에 그 이야기를 그가 먼저 꺼냈다. 그 날 여관에서 우리들을 만나본 후 하숙으로 돌아와서 얼마나 울었는지 모른다고 했다. 우리들의 모습이 지워지지 않아서 한없이 울었다고 했다. 억울하게 패자가 된 17세 소년이 만리타항으로 밀려가 있다가 우리들을 만나보고 돌아왔을 때, 봇물처럼 터져나오는 옛 추억을 가눌 길 없어, 위로하는 사람 하나 없는 이국의 하숙방에서, 지칠 때까지 얼마나 비통하게 눈물을 흘렸을까? 지금이라도 억울한 그의 한을 달래주는 뜻에서 명예졸업장이라도 줘야하지 않을런지……

매년 동창회는 계속 열렸으나 그 후로 그는 나타나지 않았다. 전화상으로 매번 통화를 했는데도…… 그 때 받은 억울한 상처가 아직도 응어리 지어 남아 있기 때문일까?

한 없이 울었다는 그의 서글픈 하소연이 지금도 내 가슴 속에 묵직하게 남아있다. ☯

팔 자소관

　선히 이모는 여학교 3학년이요 나는 중학교 1학년 때였다. 나이는 이모가 네 살 위였다. 이모 세분 중 막내였다. 큰이모는 간호사였는데 어머니와는 의자매 사이였다. 그러나 친동기간 이상으로 의리가 깊었다. 선히 이모는 시도 잘 쓰고 그림솜씨도 뛰어나서 미술대회에서 언제나 금상을 받았다. 물론 학업성적도 거의 우등생감이었다. 성격이 활발한 탓인지 남학생들과도 교제가 많았다. 어쩌다 저녁 때 들려보면 얇은 화장을 하고 분 냄새를 풍길 때도 있었다. 선히 이모는 큰이모가 기거하는 간호사 기숙사에서 살림을 살아주는 고학생이었다. 기숙사 식구는 주임간호사까지 세 사람뿐이어서 일이 많지 않아 다행이었다. 나는 선히 이모한테 자주 들린 탓에 시골학생 티를 많이 벗게 됐다. 선히 이모는 책상 앞에 나와 나란히 앉아서 내 목을 끌어안고 영어도 가르쳐 주고 재미있는 이야기도 많이 들려줬다. 주로 우리 학교 상급반 학생들의 이야기였다. 그런데 선히 이모 때문에 더러 곤욕을 치른 적도 있다. 어느 날이었다. 선히 이모를 만나려고 기숙사에 갔는데, 큰 이모가 나를 세워놓고 호주머니를 뒤지기 시작했다. 그러나 아무 것도 나오지 않게되자 "선히 이모한테 편지 전하러 오지않았느냐"고 물었다. 그렇지않다고 하자 그러면 안된다고 일러줬다. 그때 만일 내가 담배라도 피웠더라면 벼락이 떨어질 뻔했다.

몇 주일 후 다시 찾아갔을 때, 큰이모의 노성(怒聲)이 바깥까지 새어나왔다. 황급히 대문 안으로 들어섰더니, 선히 이모는 바닥에 깔려있었고 큰이모는 엉거주춤한 채 머리채를 쥐고 큰 소리로 닥달하고 있었다. 그때 뜯어말리느라 곤욕을 치뤘다. 듣고 보니 이성문제였다. 다음 해 늦은 봄이었다. 선히 이모는 집으로 들어와 있었고, 나는 건넌방에 하숙을 하고 있었다. 그 방은 학생들이 다 나가고 나혼자 넓게 쓰는 방이었다. 나는 옷을 다 벗고 늦잠자는 버릇이 있었다. 어느 날 아침잠에서 눈을 떴더니 내 발치에 연상의 여학생이 다소곳이 앉아있었다. 세상에 이럴수가. 깜짝 놀라 돌아눕고 말았다. 알몸으로 자다말고 웬 벼락이람. 잠도 못되게 가래자는 편인데 혹시 실수는 안했는지. 초조해지기 시작했다. 침입자 여학생은 꿈쩍도 안했다. 밤새 참았던 소변이 급해 마지못해 홋이불로 가린 채 외면하고 일어났다. 머리 위에 걸어놓은 속옷에 손이 가자, 그제서야 여학생이 나가버렸는데 등교길에 들른 동급생이었다. 그날 저녁 나는 선히 이모에게 남자 자는 방에 웬 여학생이냐고 못마땅해 한즉, 그 말에는 대답도 않고 여보세요하고 끌어안지 그랬느냐고 남자처럼 호탕하게 웃었다.

하숙을 옮긴 것은 얼마 후였는데, 선히 이모의 소문이 좋지않게 들려왔다. 마침내 이성문제로 제적을 당했다는 것이다. 둘째 이모는 교회에서 살다시피 하는 독실한 처녀신자인데 막내는 바람둥이라고 수군덕거렸다.

친구네 하숙에서 늦게 돌아올 때였다. 불연듯 선히 이모가 생각나서 그 쪽으로 발길을 옮겼다. 외조부께 인사하고 이모 방으로 건너갔다. 이모는 어두운 방에 혼자 앉아있었다. 불도 켜지않고 어인 일이냐고 물었더니, "저 푸른 달빛이 아까와서"하며 여전히 남자처럼 호탕하게 웃었다. 방바닥에는 창살의 검은 그림자가 밭 田자를 그리고 있었다. 이모는 나더러 "네가 벌써 3학년이지. 앞으로 좋은 일이 많겠구나"하며 깊은 상념에 빠졌다. 이윽고 무슨 말을 할 듯이 머뭇거리다가 가볍게 흐느끼기 시작했다.

가을이 깊어진 어느 오후였다. 나는 학교에서 이상한 소문을 들었다. 선히 이모가 시집을 갔다는 것이다. 소만국경 어느 읍내라고 했다. 게다가 전실 자식이 둘이나 되는 그곳 읍장의 재취감으로 갔다는 것이다. 믿어지지 않아 하교길에 외조부를 찾아보았더니 틀림없는 사실이었다. 내가 다녀간 몇일 후에 생긴 일이었다. 그제서야 그날 밤 선히 이모가 흐느낀 속내를 알게 됐다. 학업은 다시 계속할 수 없게되고 바람둥이라는 낙인만 찍히게 되자, 정당한 결혼은 어려울 것이라고 체념한 선희 이모는 궁여지책으로 그 길을 택했던 것이다. 패자가 되어 밀려나게 된 신세타령을 그때 눈물로 대신했던 것이다. 선히 이모의 여학생 시절은 그처럼 평판이 높던 파란 많은 시절이었다.

인생의 애환과 낭만을 한편의 시(詩)에 담아보고자, 했던 문사(文士)의 꿈도, 화단의 혜성을 동경하며 화실을 찾던 푸른 꿈도, 한낱 바람둥이라는 평판 때문에 모두 속절없이 짓밟히고, 함경북도 오지로 밀려나고 만 것이다. 선히 이모가 만일 요새 사람이라 하더라도 과연 그는 솟아날 구멍이 없었을 것인가? ☯

잊지 못할 정인엽 동창

　Y대의 백낙준 총장의 추천서를 받기란 매우 어려웠다. 가령, 상과 출신이 청원을 했을 때라면 백총장은 본인에게 상법중에서 테스트를 하신다고 했다. 이 때 대답을 못하면 학점을 준 교수를 불러다가 "이런 것도 모르는 학생에게 학점을 줬느냐"고 힐책을 하셨다는 것이다.

　그런 분에게서 나는 천우신조로 모 유력 신문사 사장 앞으로 보내는 추천서를 용케도 받았던 것이다.

　그것은 내가 뭐 뛰어난 실력이 있어서가 아니라 전에 등록금 미납 문제로 백총장님을 뵈었을 때 이북에서 온 고학생이라고 말씀드리고 연장을 받은 적이 있었다. 그때 총장님은 자신이 고아 출신이고 아마도 그런 저런 일로 나를 동정해 주셨던 것 같다.

　백총장님이 소년시절에 비록 오산중학교의 급사이긴 했으나 교장이 그의 재능을 인정하고, 여느 학생들과 함께 수업을 받게 해 준 덕에 특등으로 졸업하게 됐으며, 나아가서 북경의 모 선교사에게 도

미까지 의뢰해 주어, 마침내 미국으로 건너가 명문 예일대학을 마치고, 5개 부문의 박사학위를 받은 세계적인 석학이었음은 널리 알려진 사실이거니와 아무튼, 어느 시내, 어느 나라에서나 언론계에 들어가기란 제일 어렵다는 것인데, 그런 천재일우의 기회를 아깝게 놓쳐버린 것이 지금도 억울하기 짝이 없다.

그 이유는 내 처는 물론 처가식구들까지 동원되어 기자 지망을 극구 반대했기 때문이다.

할 수 없이 교단에 10여 년을 서면서도 그 미련을 버리지 못하고 있던 중, 모교 4회인 홍경모 동창이 문화공보부 차관 시절 그의 주선으로 KBS에 들어가게 됐다. 그러나 학교의 절반밖에 안되는 박봉이어서 당황하던 중, 다음 해에 같은 4회의 정인보 동창의 도움으로 시멘트 회사로 자리를 옮겼다. 봉급은 KBS의 배가 넘었으나 몇 달 후 공장으로 전근돼서 내려가보니 노가다판이라 술타령이 잦아서 습작생활은 점점 멀어만 갔다.

그 후 공장에서 몇 년 세월을 보내는 동안 50세의 정년퇴임이 다가왔다. 때가 닥치기 전에 채비를 해야지하고 다니던 공장에 납품을 하기로 하고 그만뒀다. 막상 해보니 그것도 높은 사람의 빽이 필요했다. 나는 그렇지 못한 신세여서 밀려날까봐 불안하여 교제비가 많이 나갔다.

이리하여 입에 풀칠만 할 정도여서 생활이 불안하여 한 번쯤 높은 사람의 후원을 가져 보는 것이 소원이었다.

H시멘트 공장에서 시내 모 다방에 나와 물품대금을 지불한 적이 있다. 그때 수금을 먼저하고 혼자서 기다렸다가 그 경리직원에게 점심을 대접한 적이 있었다.

그 후 공교롭게도 그가 구매원이 되면서 일년 넘게 많은 물건을 팔아줬다. 그후 본사로 전근갔다고 했는데 몇 달 후에 다시 찾아와서 하는 말이 "강원산업으로 자리를 옮겼다"고 했다. 나는 반가워서 "사장님 동생이신 정인엽씨를 아느냐? 그는 나와 중학교 동기동창이다"라고 했더니 "알고 말고요. 정 상무님 말씀이지요? 아무튼 잘 됐습니다. 지금 포항에 제강공장을 건설중인데 석회석을 많이 쓸겁니다"하고 귀뜸을 해줬다. 다음날 새벽차로 상경하여 인엽 동창을 찾아가서 석회석 납품을 부탁했다. 그랬더니 그것보다 앞으로 생석회를 월간 1,500톤 이상 쓸 거라고 하면서 그것을 권했다.

석회석보다 양도 많고 값도 몇 배가 높은 실속있는 납품을 밀어주려고 한 것이다.

생석회 견적서를 1주일 안에 제출키로 약속하고 중앙선 열차로 귀가할 때, 그날은 마치 큰 벼슬이라도 한 것 같아서 벅찬 가슴을 억제할 수가 없었다.

박 대통령이 포철에서 생산되는 선철(銑鐵)을 가공할 업체를 물색하던 중 정인욱 사장님을 청와대로 불러 "당신밖에 할 사람이 없다"고 권유하는 바람에 그 일을 떠 맞게 된 것이라고 했는데, 그 일을 기화로 강원산업 포항공장이 발족하게 된 듯하다.

나는 며칠 후 톤당 6,000원짜리 견적서를 자재과에 제출했는데 잠시 후 담당인 최한기 과장이, "결재 맡으러 올라갑니다" 하고 두 번씩이나 되풀이하며 내 표정을 살폈다. 그래도 내가 눈치를 못채자 서류를 챙겨 들고 과를 나섰는데, 나중에 알고 보니 5개 업체의 견적서 중 톤당 8,000원짜리가 최저가여서, 6,000으로 써낸 내게 재고의 기회를 주려고 했던 것이라고 했다.

아깝게 대어(大魚)를 놓쳤던 것이다.

며칠 후 자재과의 김충기 과장이 생석회 납품업자로 결정됐으니 속히 올라오라고 집으로 전화를 했다. 순간 천하라도 얻은 듯 감개무량했다. 다음날 오전에 청량리에 내려 김충기 과장에게 점심이나 같이 하자고 전화를 걸었더니 "우리는 도시락을 싸가지고 와서 회사에서 먹는 것이 철칙으로 돼 있습니다"하고 사양을 하기에 내가 걸어온 납품세계와는 딴 판이라는 생각이 들었다.

그 후 자재과에 갔더니 시험가동이 2~3개월은 걸린다면서 그 동안은 일주일에 5톤씩만 보내라고 했다. 그러면서 정상무님도 이렇게 까다로운 일은 동창생밖에 해 줄 사람이 없을지 모르니 대동석회(나의 상호)에 맡겨 보라고 했다는 말을 듣고 어깨가 무거워졌다.

다음날 단양역에 가서 화차 신청을 했더니, 물량이 적다고 내주지 않아 트럭으로 보내기로 했다.

톤당 6,000원씩의 트럭 운임을 물고 톤당 6,000원에 납품을 했으니 그 손해는 뻔할 뻔자다.

처녀납품을 끝내고 인엽 동창을 만났더니,

일전에 오성춘이가 와서 석회석을 납품하겠다고 하기에 동휘가 하기로 했으니 다음에 보자하고 돌려 보냈다기에, 한 번 밀어주기로 한 사람은 보장을 해주누나하고 마음을 놓았다.

몇 달 후 시험가동이 끝나고 납품량이 좀 늘어났기에 앞으로는 사다가 납품하지 않고 자작굽기로 하고, 자본주가 전에 어상자 납품을 하자고 맡기고 간 15만원을 소성로의 임대보증금으로 걸고 작업을 시작했다.

석회석, 석탄, 연장 인부동원까지 여인숙 주인의 알선으로 외상으로 착수하고 자본주의 증자(增資)를 기다렸다.

그런데, 비만 오면 돌이 절반씩이나 설어서 나오므로 화부에게 야단을 쳤다. 그래도 묵묵무답이었다.

익은 돌만 골라서 납품을 하다보니 또다시 적자를 보게 되어 자본주는 증자는 커녕 현장에 얼씬도 안했다. 결국, 운영자금 고갈로 진퇴양난에 빠졌다.

생각다 못해 본사 자재과에 가서 실토를 했더니 물건을 보낸 즉시 물표를 가지고 오라고 해서, 그 후로는 그것만 보이고 수금을 했다. 그러나 계속 생돌이 섞여 나오므로 그럴 힘도 없어졌다. 그 후부터는 자재과에서 가불을 해서 작업을 계속했다.

단양역은 시골역이라 철도청에서 화차 배당이 적게 나왔다. 거기다가 광산업자 외에 목상들까지 끼어들어 화차 얻기가 더욱 어려웠다. 그래서 항상 어렵게 얻어서 실어보내곤 했는데, 어떤 때는 보냈는데도 도착을 안했다고 공장에서 노발대발하며, 제강로의 불이 한 번 꺼지면 400만원을 들여야 다시 불을 붙이는데 물어낼 꺼냐고는 항의가 빗발쳤다. 생석회를 톤당 6,000원에 납품할 때이니 400만원 ÷ 6,000원 = 330여 톤값이요. 50톤 화차로는 330톤 ÷ 50톤 = 15화차값이 넘는다.

실로 상상을 초월하는 거금이다. 인엽 동창은 이러한 제강의 대역사를 서슴없이 나에게 맡겨줬던 것이다.

화차는 주로 안동과 경주 간의 한촌역에 구겨 배겨 있을 때가 많았다. 그런 때는 밤이고 낮이고 수백리 길을 달려가서 급행료를 주고 내가 화차를 공장까지 호송했다. 언젠가는 한밤중에 차창칸의 새빨갛게 달아오른 화독 앞에서 졸며 가다가 화차가 꽈당탕하고 추돌

했다. 이때 옆으로 나가떨어지길 다행이지 하마터면 얼굴에 화상을 입을 뻔도 했다.

손해를 보면서도 생돌만을 골라서 발송하는데도 시험실의 송과장이라는 사람은 보낼 때마다 불량이라고 퇴자를 놨다. 그리고 공장으로 출두하라고 불러냈다. 본사는 본사대로 그의 보고를 받고 공장에 다녀서 본사로 올라오라고 했다. 이럴 때 나는 여인숙비마저도 아끼지 않을 수 없는 형편이어서 단양에서 포항, 서울을 밤차로 오르내렸다.

송과장이 나를 들볶는 데는 그럴만한 이유가 있었다.

단양의 ○○석회를 밀어주기 위해서였다.

한번은 공장 자재과에 도착했더니 텅텅 비어 있는 책상 위에 분석표가 나뒹굴고 있었다. 호기심에 들여다봤더니, 당시는 Cao성분이 80%이상이 돼야 합격선인데 ○○석회는 Cao 80%가 못되는 데도 합격도장이 찍혀 있었고, 우리 것은 80%가 넘는데도 불합격이라는 시뻘건 도장이 찍혀 있었다. 눈이 뒤집힐 지경이었으나 인엽 동창이 알게 되면 심기가 불편해질까봐 그대로 돌아섰다.

돌(石)이 설어서 나오는 수수께끼는 내가 생석회 납품을 그만 둔 후에야 알게 됐다.

소성로 내벽 한복판에 구멍이 나 있었던 것이다. 그 틈으로 빗물이 스며들어 불이 꺼지니까 생돌이 나올 수 밖에 없었던 것이다. 그 비밀은 나만 모르고 있었다.

사실을 내가 알게 되면 작업에서 손을 떼게 될 것이고 그리되면 인부들이 일자리를 잃게 될 것이 두려워 함구하고 있었던 것이다.

소성로 계약 전에 저들이 노 속에 머리 잡석을 채워놨기 때문에 보이지 않아 모르고 있었다.

　장마가 걷히자 돌도 잘 나오고 값도 오르고 양도 600톤으로 늘어나게되어 그간의 적자를 메우게 됐다. 담당직원에게 신세 보답을 약간 했다.

　이리하여 이제 막 숨을 돌리려고 하는데, 이럴 수가 청천벽력도 유분수지, 다름아닌 내 납품권을 뺏으려고 일당 3인이 단양으로 몰려온 것이다. 자본주의 전화를 받고 다방에 들어서니 조모(趙某)와 모교 2회인 오모(吳某)가 함께 진을 치고 있었다.

　조는 우리들이 알고 지내는 실업자인데 그가 먼저 입을 열었다.

　강원산업의 납품권을 넘기라고 으름장을 놓았다. 안 그러면 자재과 담당에게 금품을 제공한 사실을 정상무에게 알려서 담당의 모가지가 달아나게 하고 너도 납품을 못하게 만들겠다고 겁을 줬다. 이번에는 오가 나섰다. 자본주의 부친에게 빌려준 200만원을 받기위해, 자본주와 납품을 함께 하기로 했다는 것이다. 나는 어이가 없어 망연히 섰다가 자본주의 부친은 동대문 시장의 제일 큰 쌀 도매상인인데, 낙원동 골목 구석의 셋방살이 쫄때기 쌀장수인 네가, 거상에게 돈을 꿔주다니? 거짓말이 서툴구만. 지금까지 천신만고 끝에 겨우 일으켜 세운 내 사업체를 동기동창인 네가 강탈하러 왔느냐? 한 동창은 살려주려고 하는데 다른 동창은 뺏으려고 온 거냐? 그래도 오는 해야겠다고 어거지를 썼다. 조는 넘기지 못하겠다면 정상무한테 가서 고할 수밖에 없다고 하며 자리에서 일어나기에, 순간 인엽 동창에게 불편을 줘서는 안되겠다는 생각이 들었다. 그리고 궁지에 빠졌던 나를 지금까지 구해준 담당직원이 화를 입어서야 되겠는가 하는 생각에 반격을 체념하고 절반씩 나누어 하자고 제의를 했다. 그러나 상대가 승복을 않기에 식구들과 굶어 죽을 수는 없으니 200톤만이라도 해야겠다고 어처구니 없게 도리어 사정을 했다. 뜻하지 않은 날벼락으로 심한 상처를 입은 나는 다음날 배창국 공장장에게 전화로 사정이 생겨서 납품을 일부만 하게 됐다고 알려 드렸는데, 몇일 후 인엽 동창도 그런 사실을 알고 내 모옥(茅屋)에 직접 전화를 걸어 "어떻게 된 거냐"고 걱정했다. 나는 "인엽 형의 동기동창이 나쁩니까? 다 같이 먹고 살아야지요. 그 동안의 은혜도 물론 컸지만 앞으로도 계속 도와 주시오"했다. 다음날 본사로 가서 담당에게 어제의 풍파를 설명하고 동기동창의 의리도 짓밟는 비정한 사람이니 조심하라고 일러줬다.

그들은 떼돈이나 벌 줄 알았던지 옆 광산의 구식 노 2기(機)까지 사들여 대대적인 생산에 들어갔다. 그러나 납품은 지지부진하고 재고품만 산더미처럼 쌓여갔다. 설상가상으로 강원산업이 생석회를 포철에서 들여오게 되자 그나마 납품까지 끊어졌다. 어느날 자본주의 처남인 박(朴)이 찾아와서 노 현장에 남산처럼 쌓인 엄청난 물건들이 가루로 변하고 있으니 더 풍화되기 전에 나를 찾아가서 처분해달라고 사정해 보라고 자본주가 보냈다고 하기에, 나도 못팔고 있다고 거절을 했다. 그런데 박은 나와 헤어지기 전에 내가 모르고 있던 놀라운 사실을 알려주고 갔다.

자본주가 오(吳)에게는 커미션(Comision)을 톤당 600원을 주기로 하고 조에게는 200원을 주기로 했다는 사실을 나에게 알려주고 상경한 일주일 후 교통사고로 타계했다.

그가 알려주지 않았더라면 그토록 궁금했던 저들의 흑막은 영구히 베일속에 가려질 뻔했다.

결국 자본주는 오를 내세우면 내게 주기로 했던 톤당 이익배당금 1000원보다 200원이 싸게 먹는다고 꼬인 조의 간계에 넘어갔던 것이다. 그렇지 않아도 리베이트(Rebate) 문제를 자본주에게 알리는 것이 불안하여 앞으로는 이익배당금 조로 받는 수당 1,000원을 가지고 모든 것을 내가 처리하려고 했던 것이다.

인엽 동창이 봄, 가을 동창생들을 초대하여 후한 대접을 하는지도 10년이 넘었다. 그러나 오는 한번도 나타나지 않다가, 그 풍파가 지나 가버린 4~5년 후에 나타났다. 그 때 내게 다가와서 "미안하다 용서해 다오"하며 손을 잡기에 "우리가 남이가? 한솥의 밥을 먹고 자란 동기동창인데" 하고 잡은 손을 꼭 잡아줬다.

그 후 오는 중풍으로 몇 년 고생하다가 타계했고, 조는 당뇨로 오래 앓다가 세상을 떠났다고 들었다. 두 고인은 그때 이같은 역사를 남기고 이 세상을 하직했다.

인생 일대의 희노애락도 한 때의 꿈이런가. 우리들은 그러다가 영영 잠들고 말 것을…….

강원산업이 생석회를 포항에서 들여오게 되자 인엽 동창은 나에게 백운석을 납품하게 해줬다. 첫 달에는 반화차만 쓰더니 얼마 안 가서 월간 3, 400톤으로 껑충 뛰어오르기에 "이제야 고생한 보람을 찾는가 보다"하고 안도의 가슴을 쓰다듬었다. 그런데 뜻하지 않은 부국기업이라는 곳에서 훼방을 놨다. 내가 자기 광산에서 백운석를 사다가 납품한다고 터무니 없는 거짓말을 한 것이다. 더 가관인 것은 앞으로는 나한테 돌을 안준다고 하면서 자기와 직접 거래를 트자고 했다는 것이다. 그리고 나를 따돌릴 심산으로 전례가 없는 납품 계약금까지 거금 500만원을 걸겠다고 했다는 것이다. 나는 어이가 없었다. "그도 광산이 없으며 사다가 납품한다"고 실정을 말해 줬다. 그러나 윤이라는 자재부장은, 기어이 그와 계약을 한다기에 인엽 동창을 찾아 올리기서 다급한 사정을 호소했다. 그는 전화로 담당을 불러 "대동석회(당시 나의 상호였다)는 내가 봐줘야 할 곳이니 그대로 납품을 받도록 하시오"했다. 순간 "친구밖에 없다"는 생각에 가슴이 뭉쿨했다.

그러나 윤은 인엽 동창에게 거금의 계약금까지 걸겠다는 업체가 미덥지 않겠느냐고 기어이 고집을 하므로 그러면 대동석회의 몫을 일부 남겨놓고 계약하라고 다시 지시했다.

그 후 부국은 두 달도 못가서 납품 가격을 올려달라고 배짱을 부리며 물건 공급을 중단했다. 이리하여 다시 전량이 내게로 돌아왔다. 원래 대기업에서는 소량의 물량이라도 한 업체만 상대하지 않고 여러 업체에서 나누어 받는다. 그것은 한 업체만 믿었다가 물량 공급이 원활치 못할 경우를 감안해서이고, 또 물품가격을 임의로 인상하는 횡포를 막기 위해서이다. 인엽 동창은 이 모든 것을 내가 차질 없이 지킬 것으로 믿고 양이 엄청나게 늘어났을 때도 (중국산 마그네샤가 수입되기 전까지는) 오랫동안 나를 화끈하게 밀어줬다. 그토록 소원이던 높은 사람의 후원을 마침내 가져본 것이다.

어려운 동창을 이렇게 도와준 인엽 동창의 우정을 한시도 잊지 못하고 있다. 그리고 그 은혜에 조금이라도 보답을 못하고 살아가고 있는 것이 늘 죄스럽기만 하다. 생각하면 내가 명신(明新)에서 성장하지 않았더라면 어찌 그런 귀인을 만날 수가 있었으리요. 모교에 무한한 감사를 올리며, 모교가 '명신'임을 자랑스럽게 생각한다. ☯

배운석 은사님

내가 모교 1학년 때였다.

나보다 한 학년 위였던 김세웅 상급생이 어느날, 배선생님은 작년에 연희전문 과(현 연세대 문과대학)를 나오시고 바로 우리 학교에 부임하셨는데, 그 때 녹색 정장에 빨간 넥타이를 매고 오신 것을 보고 저렇게 미남이신데다 몸 단장까지 화려하시니 과연 멋쟁이 선생님 중의 진수(眞髓)이구나하고 놀랬다는 것이다.

하기사 그보다 1년 후에 입학한 내 눈에도 그 녹색과 붉은 색이 화사했으니 하물며 1년 전에야말로 은사님의 화려한 진수가 그 시골 학생들을 놀래키고도 남았으리라고 짐작이 갔다.

은사님은 미혼시절 많은 미스들의 선망의 대상이었다. 그 중에서 골라 잡은 분이 명중 2회졸업생인 장신 김동하 선배의 모친이 중매한 특별한 신부감이였다. 이리하여 대강당에서 전교생과 사계의 많은 하객들의 축복속에 큰 잔치를 치르게 됐다. 그때 유력 일간지에도 은사님이 재령 고을의 원님이신 신군수님의 재원과 성대한 결혼식을 올렸다고 신랑신부의 결혼사진과 함께 크게 사회면을 장식한 바 있었는데 나는 재원(才媛)이라는 한자어를 세상에 나서 그때 처음 봤다.

엄친이신 배은희 목사님은 아드님 잔치에 오셨다가 모교의 설립자이신 정찬유 장노님이 거금을 들여서 세우신, 대맘모스 교회 동부교회에서 특별 부흥회를 가지셨다. 과연 명설교자답게 그 모습이 용광로의 쇳물처럼 뜨겁게 달아올랐다. 설교 도중 구 찬송가의 제6장인 「복의 근원 강림하사」를 부르실 때는 고령이신데도 음악선생이신 아드님보다도 더 우렁찼다.

만인의 부러움 속에 영광의 화촉을 밝힌 사모님이야말로 현모양처의 모범이셨다. 하루도 빠짐없이 은사님의 퇴근시간에 맞추어 집안팎을 정결하게 치우시고 아이들도 씻기고 갈아 입히고, 자신도 곱게 몸단장을 하신 후 은사님을 맞으셨다고 했다.

나는 사모님의 이같은 기특한 내조를 그 후 어디에서도 찾아보지 못했다.

은사님의 영어시간은 엄한 수업이었는데 그때 재미있는 에피소드가 있었다. 은사님이 김 모 학우보고 「waited waited and waited」의 문장을 읽어보라고 하자, 그는 선생님이 무섭긴 하고 그것이 "웨이티드 웨이티드 앤드 웨이티드"라는 발음인 줄은 모르고 엉겹결에, '투둘락 투둘락'하고 발음을 하여 졸업할 때까지 5년간 그의 별명으로 붙어다닌 적이 있었다.

지금도 그의 이름을 대면 누군지 기억이 안나도 투둘락하면 그의 부리부리했던 모습이 단번에 떠오른다. 영어는 기초에서부터 정신이 번쩍나게 가르쳐야만 실력이 붙는다고 해서 그랬던 것이다.

음악에도 조예가 깊으셔서 못다루는 악기가 없었다는 것은 누구나 다 아는 사실이다.

이야기가 좀 비약하지만 감히 붓을 든다면, 6·25전쟁 후 은사님이 전주 고등학교에서 교장선생님으로 계실 때 내가 은사님 관사에서 며칠 머문 적이 있었다. 그때 새벽마다 오는 거문고 선생한테서 개인교습을 받으시는 것을 보고 오십춘추에 대단하시다고 크게 감동을 받은 적이 있다. 은사님이 지도하시던 밴드부는 학교마다 그렇게 흔하지가 못했다. 여간한 노력 없이는 존재할 수 없는 귀한 서클이었다.

수업을 마치고 교문을 나설 때 등뒤에서 들려오는 브라스 밴드소리가 제중원 고개로, 신사통으로 사통오달로 퍼져나갈 때 우리들은 뿌듯함을 느꼈던 것이다

은사님의 용기 또한 대단하셨다.

교무회의 중 일본인 배석장교가 은사님의 심기를 건드렸다가 빨간 잉크병의 세례를 받은 사건은 당시의 큰 화제거리였다.

일제때에는 일인들에게 감히, 엄두도 못냈던 일이다. 더구나 군도로 무장한 일본군인에게 맞선다는 것은 상상도 못할 일이었다.

은사님은 위트와 유우머가 풍부하셨다.

가시는 곳마다 웃음이 넘쳤고 무거운 분위기를 밝게 해주셨다. 주위를 순화시키는 화술이 풍부하셨다.

또한 기독교 가정에서 자란 탓에 학생들을 사랑하시고 동정을 많이 하셨다. 내가 학교를 쫓겨나다시피 했다가 1년반만에 다시 돌아와 모교의 4회 졸업생이 된 것도, 은사님께서 내 허물을 용서하시고 다시 맞아주셨기 때문이다. 그 후 나는 각오를 새로히 하고 은사님

의 은혜에 보답하고자 하루에 다섯 시간씩 취침을 하며 한참 앞서 가는 급우들을 따라가려고 필사적으로 노력을 했다.

8·15 해방과 동시에 공산당원으로 전향하여 모교의 교장이 된 이 모 선생은 은사님과 알력 끝에 마침내 은사님을 보안서(이북경찰서의 후신)에 구금시켰다. 당시 유치장 안에서는 전염병이 창궐하여 많은 유치인들이 죽어 나갔다. 그런 와중에 모교 제1회 졸업생인 간해(簡海) 선배의 친형이 담당의사였던 것을 기화로 감염 직전에 출감에 성공하여 아슬아슬하게 생명을 보전하시게 된 것이다.

그 해 겨울 Y대에서 방학을 하고 귀가했을 때 이 소식에 접한 나는 약간의 식량을 자전거에 싣고 은사님을 뵈러 갔다. 재령시내에 들어갔을 때 은사님의 식모아이가 길가에 식기를 내다 펴놓고 초조하게 앉아 있는 것이 보였다. 팔리지 않는다고 울상을 짓는 것을 뒤로하고 은사님을 찾았다. 초췌해진 은사님의 모습과 산후조리를 못해 뚱뚱 부은 사모님을 뵈었을 때 뭉클함을 느꼈다. 단란했던 가정이 이토록 속절없이 되었는가? 한숨이 절로 났다.

올망졸망한 식솔들 때문에 월남할 엄두조차 못내시는 은사님에게는 세월이 지날수록 고생만 쌓여갔다. 그러던 중 하늘이 무너져도 솟아날 구멍이 있다고 어느날 고위직에 있는 제자들의 도움으로 일자리를 얻게 됐다. 그들이 결단을 내리기까지는 힘도 들었겠지만 그래도 지난 날 자유와 박애를 신조로 한 교육을 받은 '명신의 건아'의 기백이 그 때 고개를 들었던 모양이다.

어느날 은사님에게 월남의 D-Day가 찾아 왔다. 음악 강습을 위해 신의주로 출장을 떠나시게 된 것이다. 압록강 700리의 하구(河口) 신의주라면 우리 고장에서는 엄청나게 먼 거리였다.

왕복 날자만도 몇일이 걸리게 됐으니 출장이 길어질 거라는 핑계를 대기에는 안성맞춤이었다. 그날 은사님은 북으로 가시던 발길을 남쪽으로 틀었다. 이리하여 천신만고 끝에 일구월심 갈망하시던 자유 대한의 품에 극적으로 안기시게 됐다.

그 후 사모님도 올망졸망한 철부지들을 거느리고 천우신조로 뒤따라 넘어 오셨다.

생각하면 목숨을 걸고 넘는 38선상에서 그 때 어머니의 초조와 불안은 어떠했을까? 일인 여류작가 후지하라데이가 전일본열도를 달구었던 역작 『내가 넘은 38선』과 견주어 볼 때 그의 모성애는 사모님의 모성애에 버금은 갈지언정 결코 앞서지는 못했다. 거느린 피붙이들이 더 많았으니 말이다.

월남 후 은사님이 제일 먼저 보따리를 푸신 곳은 군산여중이었다.

그런데 이북 악몽에서 겨우 숨을 돌리고 있을 때, 6·25가 터졌다. 이리하여 은사님은 대한민국 초대 고시 위원장이신 선친을 모시고 부산으로 피난하셨는데, 그후 집에 인민군이 들이닥쳐 불행히도 사모님이 붙잡히게 됐다. 마침내 저들에게 끌려 이북으로 올라가다가 길가 우물 속에 몸을 던지셨다. 태아까지 두 식구가 희생된 것이다.

그 후 은사님의 비통함은 오죽했으리오. 집에만 돌아오시면 비명에 가신 사모님 생각에 한없이 우셨다는 것이다.

세월이 지날수록 그 도가 깊어만 가자 주위에서 그 해결책으로 나이 30이 넘도록 독신으로 교직에 있던 지금의 사모님을 맞으시게 했다는 것이다.

그러나 회식에서 술을 드시고 오신 날은 전 사모님 생각에 우시기만 하므로 지금의 사모님은 결혼에 회의를 느낀 나머지 은사님에게 호소를 하신 것이다.

"내가 우시는 것을 보려고 결혼한 것은 아니지 않느냐?"고 하시자 그 후부터 정상생활로 되돌아가셨다고 했다.

그 후 은사님은 전주여중으로, 전주여고로, 급기야는 전국의 명문교인 전주고등학교로 오시게 됐다. 회식때 상사 앞으로 쏟아지는 술잔이 겁날 정도로 많았다는 것이다. 학교의 입학 또한 하늘의 별따기였다. 그런데 은사님의 선친이 정치무대에서 실각하게 됐다. 대여당인 자유당에서 소장파 70여 명을 거느린 배은희 국회부의장의 선거공천을 박탈당했기 때문이다. 정적이 이기붕이었다는데 자세한 것은 알 수 없다.

정치의 회오리 바람이 선친에게 휘몰아치자 그 여파는 마침내 은사님에게도 불어닥쳤다. 이리하여 은사님은 청주의 모 종합기술학교로 밀려나셨다가 마침내는 혹한지대로 이름난 충북 제천의 허술한 중고교에까지 오시게 됐다.

내가 제천의 시멘트공장에 내려가 있을 때였다. 어느날 옆집에 사는 중고생의 모친이 엽서 한 장을 들고 왔기에 받아 본 즉 중학교에서 온 공납금 고지서였다. 읽고 나서 발신인을 보니 '제천중학교장 배운석'이라고 박혀 있기에 깜짝 놀랐다. '세상에 이럴 수가! 내 고장에 오신 것도 모르고 지금까지 한밤중이었구나' 다음날 퇴근하면서 학교에 들렸더니 틀림없는 은사님이었다. 이리하여 실로 심여년만에 해후하게 됐다.

제천은 고원지대라 겁나게 춥다.

평양보다 위도는 낮지만 추위는 맞먹는다는 곳이다.

내가 54세때 그러니까 25년 전 그곳에서 조깅을 처음 시작할 때였다.

새벽에 조깅을 나가면서 창밖의 한란계를 들여다 보면 언제나 수은주가 항상 영하 18도를 가리키고 있었다. '이럴수가! 한란계가 고장이 났나?' 하고 바꿔다가 달았는데도 여전하기에 그제서야 추위가 지독한 곳으로 알게 됐다.

그런 관계로 4~5㎞를 달리고 나면 양 어깨에 하얀 진서리가 쌓였다. 체온이 몸밖으로 뿜어 나오다가 찬공기와 마주치면서 김이 얼어 붙기 때문이었다.

어느날 새벽에 운동장에 나갔는데 얼마나 추웠던지 혼자서 달리고나서 집에 와서 기상관측소에 전화로 기온을 문의했던 바 영하 24도라고 했다.

내가 이북에서 자랄 때도 들어보지 못한 강추위였다. 이런 곳으로 전근돼 오신 은사님이 어느날 나와 함께 관사로 향하시다 말고 "여기가 왜 이렇게 춥지?"하시면서 장갑을 끼신 손으로 귓바퀴를 감싸실 때 가슴이 찡했다.

어느 날, 우리 공장의 유일한 후배인 경리과장을 데리고 나가서 은사님을 모셨다. 은사님은 그 특유의 위트와 유머로 술자리를 부드럽게 해주셨다. 좌석이 무르익었을 때 은사님에게 노래를 청했더니 마다 않으시고 일어서시어 「세월은 잘 간다아야요 나살던 곳 그리워라」하시며 「먼 싼타루치아」를 열창하시었다. 60이 넘으신 지금 자유자재로 옥타부를 높이시는 것을 보고 30여년 전 신축한 모교 대강당에서 음악회를 지휘하실 때 녹색정장에 빨간 넥타이를 매시고 명곡을 부르셨던 당시의 모습이 아련히 떠올라 덧없는 인생을 실감하게 했다.

그해 겨울이 지나고 봄이 돌아왔을 때 은사님이 교육 20주년 근속기념식을 성대하게 치르셨다.

모교동창회 본부에서는 김용일 동창의 주선으로 화려한 트로피가 전달됐으며 대전동창회 지부에서는 화려한 청색화분을 보내왔다.

군(郡)내외의 교장단들과 자리를 같이한 은사님의 풍채와 품격은 그들과 차이가 많았다 군계일학(群鷄一鶴)이라는 말은 이런 것을 두고 하는 말 같았다. 저토록 빼어난 인물을 상부에서는 언제까지 이런 곳에 붙잡아 둘 것인가? 가혹하다는 생각이 들었다.

은사님은 전교생의 학력을 보충하기 위해 전 교실에 현광등을 가설하고 보충수업을 독려하셨다.

그해 가을 엄친이신 배목사님이 세상을 떠나시자 은사님은 엄청난 슬픔과 과로로 지병인 천식이 악화되어 마침내 생을 마감하셨다.

얼마 전까지도 교육근속 20주년 기념식을 만인의 선망 속에 성대하게 치렀던 그 자리에서, 오늘은 청천벽력으로 영결식을 올리게 되다니……

가을바람에 어지럽게 뒹구는 낙엽을 밟으며 은사님의 운구행렬이 교정을 나설 때 생전에 하시던 말씀이 문득 떠올랐다.

3층을 지어서 3형제를 모아놓고 아래층은 약국을, 2층은 병원을, 3층에는 치과병원을 차려서 사회에 봉사한다고 하셨는데 저렇게 속절없이 가시다니, 울컥 설움이 북받쳤다.

인간만사 새옹지마(人間萬事 塞翁之馬)라고 하더니……

지금 월드컵대회 맞이 준비행사가 한참인 것을 보고 우리 모교의 축구팀이 생각났다.

전국을 누볐던 강팀이다.

평양대회에서 우승한 우리 선수단이 우승기를 휘날리며 재령역에 개선했을 때, 마중 나간 전교생들은 은사님이 지어주신 응원가를 부르며 열광적으로 환영했다.「맹호같이 나가자, 우리 굳센 명신의 용사들아……」한국의 교육사에서 찬란한 빛을 발하고 있는 우리 모교의 역사 속에 은사님의 응원가도 함께 영원히 자리잡고 있을테지!

나에게 면학의 길을 다시 열어주신 은사님이야말로 제2의 부모님이시다. 은사님이 세상을 하직하실 때까지 나는 보살핌만 받아왔다. 은혜를 값지못한 죄인으로 남을 수밖에 없게 됐다.

내가 은사님 밑에서 교편생활을 할 때 그 학교 숙직실에 머물러 숙직할 때였다. 그 학교 이사장이 어느날 나에게 학교에 금덩어리를 가져다 놔도 염려없다고 은사님이 말씀하셨다는 옛일이 오늘 생각난다.

나는 은사님의 눈에 차게 한 일이 없었는데도 그런 말씀을 하셨다고 했을 때 도리어 부끄러웠다. ☯

모교의 역대 체육 은사님

모교에 입학하고 하숙을 하고있을 때였다. 같이 있는 상급생들이 아령과 줄넘기를 아침 저녁으로 하고 있었다. 모교에 내가 입학하기 바로 전해에 계시던 백용기 은사님이 그것을 전교생들의 교재로 지정하셨던 것이다. 백 은사님은 한국의 기계체조의 태두로서 한국의 대표급 체육인이었다.

읍내의 공동수도에서 물을 길어나를 때 사람들은 물지개로 날랐으나, 은사님은 물이 찰랑 찰랑 넘치는 물초롱을 양손으로 뻗쳐들고 횡횡 날으셨다니 팔뚝의 힘이 얼마나 대단했는지가 상상을 초월한다.

이응룡 선생님이 백용기 은사님을 그의 사무실로 찾았을 때, 50이 넘은 초로가 책상 위에서 물구나무를 하고 책상 위를 자유자재로 돌아다니시더라고 하셨다.

개나리꽃이 활짝 핀 화사한 어느 봄날 모교 동창회를 종묘에서 한 적이 있다. 우리들은 은사님을 정문에서부터 회의장으로 안내했는데 그 때 은사님의 춘추가 70이라는 것을 도중에 알고 50대의 우리들은 양팔을 부추기고 조심조심 걸어갔다. 그때 은사님의 어깨가 어째 뻑뻑함을 느꼈다. 생각하면 지금의 나도 80이지만 부추겨 주는 것이 귀찮은 판인데, 하물며 왕년의 전국 체육계를 주름잡으시던 은사님께서는 그때 속으로 얼마나 고소를 하셨을까 생각하니 얼굴이 뜨겁다. 그러나 선생님은 그때 아무 말씀도 안하시고 따라주셨다. 이것은 선생님이 우리들 제자의 갸륵한 뜻을 흐뭇해하신 정 때문이었으리라. 은사님은 그날 격려사에서, "고인 물은 썩어도 흐르는 물은 썩지 않는다. 항상 움직여야 건강에 좋다"라고 유명한 말씀을 남기셨다. 동창회가 끝날 무렵 거소를 물었더니 명함을 내주셨다. 체육학 박사라는 타이틀이 적힌 것을 보고 박사학위는 지당하다는 생각이 들었다.

  민태욱 은사님은 내가 입학하자마자 오셨다. 은사님의 주특기는 역도였다. 일본 체육전문학교를 나오시고 곧바로 오셨다. 은사님은 우리의 선생님이라기보다는 상급생 형님 같았다. 그것은 젊고 소탈했기 때문이다. 모래판에서 상급생들과 씨름도 자주하셨다. 일체를 나올 때는 유도가 2단 이상이 돼서 나온다고 하던데, 그래도 황소 씨름꾼 제자들한테는 매번 넘어지셨다. 그래도 부끄러움없이 삽바를 자주 잡았다. 방과후 운동복으로 갈아 입으시고 체육실에서 역기를 드시기도 하고, 학교 뒤의 덤바위 산을 뛰어서 오르내리셨다. 눈이 강산처럼 온 어느 겨울, 체육시간에 선생님은 윗통을 벗으시고 반라의 몸으로 학생들을 향해 1대 1로 눈싸움을 하자고 도전장을 냈다. 피아간에 불을 뿜는 백병전이 펼쳐졌는데, 은사님이 실족하여 눈 위에 뒹굴자, 학생들은 함성을 지르며 눈속에 파묻어 버렸다. 한참 후 눈속에서 일어났을 때는 구리빛 근육에서 하얀 김이 무럭무럭 피어올랐다. 그래도 동상 한 번 없으셨다.

운동장을 다지기 위해 밑에 있는 대형 로라를 운동장으로 끌어올릴 때였다. 학생들은 양쪽에 달린 로프를 잡아다니고 은사님은 뒤에서 떠밀며 올라오셨다. 어지간히 올라왔는데도 운동장 가장자리 턱을 못넘고 꼼짝달싹 안했다. 이때 은사님의 얼굴은 새파랗게 질려 있었다. 그때 만일 학생들의 힘이 달리기라도 했더라면 큰 바위덩어리 같은 로라는 은사님을 깔아 뭉갰을 것이다. 학생들은 필사적으로 잡아당겼다. 이때 스승과 제자들의 혼은 완전 일체가 됐다. 필사의 힘으로 몸부림친 결과 마침내 로라는 덜커덩 턱을 넘었다. 나중에 알고보니 운동장 턱에 박힌 작은 돌덩어리 하나가 수십 명의 간담을 그처럼 서늘하게 했던 것이다.

그후 여름방학을 끝내고 개학식 때 와서 은사님이 서울 중앙고보로 떠나신 것을 알고 전교생들은 깊은 시름에 빠졌다. 그 후 5~6년이 지나서 은사님은 다시 모교에 돌아오셔서 근무하신 일이 있다. 해방이 된 다음 해 서울 시내에서 은사님을 뵈온 적이 있는데, 까만 콧수염이 여전하셨으며, 육체미도 그 때와 별 차이가 없어보였다. 그런데 얼마 후 일본뇌염으로 아까운 나이에 생을 마감하셨다.

정대준 은사님!

선생님의 주특기는 투해머였다. 선생님은 멋을 많이 내셨다. 언젠가 선생님은 "동경 사람들은 구두를 유리알처럼 반들반들하게 닦고 다니더라"고 했다. 그러나 시골학생인 우리들은 설마했다. 우리들의 지정화는 목이 긴 검정구두였는데 비올 때는 길이 진흙탕이라 구두를 아끼려고 안신었다. 선생님은 "흙탕길에 신고 다니면 발도 안 빠

지고 얼마나 편리한가? 흙은 나중에 마르면 털면 되고" 하시면서
한심해 하셨다. 필시 딱지가 덜 떨어진 시골학생들이라고 얼마나 고
소(苦笑)하셨을까. 정 은사님은 소탈하지는 못했다. 자존심이 강해
서 절대로 씨름을 안하셨다. 지는 것을 보이기 싫어서였다. 지면 창
피하다고 꺼려했던 것이다. 은사님의 크신 눈에서 불빛이 번쩍인다
고 별명이 타이거였다. 고향인 박촌이 한발짝이라도 더 가까운 평양
의 숭인 상업으로 가셨다.

모교의 저학년의 체육은 김봉오 선생님이 맡으시고, 고학년은 김
진국 선생님이 담임하셨다. 두 분은 모두 배가 많이 나오셨다. 학생
들은 배가 적게 나온 분은 작은 배xx라고 불렀고, 많이 나오신 분
은 큰 배xx라고 했다. 김봉오 은사님은 일본말이 서툴었으나 그래
도 학생들은 잘 알아듣고 차질없이 명을 따랐다. 그리고 모교에서
대운동회를 할 때 같이 있던 체육선생의 도움이 없이 혼자서 치르
시느라 억세게 고생하신 적이 있다. 착한 분이었다.

민병덕 상무이사 님이 전국에서 내노라하는 선생님들만 모셔다가,
은사님들에게 전국에서 최고 대우를 하셨다는 소문을 듣고 있었다.
왜정 때 인기 절정이던 대중가수가 전국에서 최고로 많은 월급인
100원을 받았다고 했기에, 김봉오 은사님한테 물어봤더니 월급은
100원이 넘었으며 사택까지 있었다고 하기에, 과연 최고 대우였음을
재확인하게 됐다. 우리들은 그처럼 뛰어난 분들에게서 교육을 받았
던 행운아들이었다. 은사님은 월남 후 고대, 서울상대 등에서 교수
직에 계시다가 정년퇴임하셨는데, 말년에 중풍으로 타계하셨다. 김
진국 은사님은 사리원 농업 출신이신데, 중학생때도 힘이 세고 거구
였다고 했다. 경암산 산상봉에서 집채만한 바위덩어리를 혼자서 굴

려내려와 운동장 한 옆에 기념물로 세워놨다고 하셨다. 언젠가 교장실에 불려갔을 때 고관인 듯한 사람에게, "이 학생이 사농 명물인데 그의 묘기를 보여드리겠읍니다"하고 소개했다. 은사님은 8번선 철사를 알몸 가슴팍에 칭칭감고 "응"소리와 함께 탕! 끊어보인 적도 있다고 했다. 사농 깜둥이(은사님의 당시 별명)의 진면목을 유감없이 발휘하셨다고 자신만만해하신 적이 있다. 은사님은 유도4단 시절 부임하셨는데, 단오때 청년운동장 특설 모래판에서 황소를 탄 적이 있는 씨름장사이기도 했다. 내가 졸업하기 전에 이미 5단으로 승단하신 생각이 난다. 은사님은 체구가 크셔서 남보다 배나 더 식사량이 크실 터인데도 점심을 굶는다고 하셨다. 시장하시지 않으시냐고 신기해 하면 아니다라고 하셨는데, 아마도 요새말로 다이어트를 하셨던 것 같다. 우리는 智와 德과 體를 겸비한 훌륭한 은사님들로부터 체육단련을 받았다. 체벌도 감정을 떠나서 사랑의 매를 드셨던 탓인지 누구에게도 구애받지 않고 당당하셨다. 항의하러 오는 학부모도 없었다. 학부모들은 자녀의 문제를 서슴없이 학교에 맡겼던 것이다. 촌지같은 문제로 시끄러운 일이 없이 조용하게 공부했던 그런 때가 다시 올 수는 없을런지, 그 때가 그리울 뿐이다. ☯

단 한 번의 실수

강 선배가 어느 날 단 한 번의 실수로 일생을 망치는 사람이 허다하다고 하기에 중학교 은사인 권 선생이 생각났다. 그는 수학을 가르쳤으며, 깐깐한 체구였다. 눈에는 총기가 부셨으며, 태산 셋을 넘어다보는 듯한 달관적인 기상이었다. 권 선생은 담임 첫날 학생들에게 어느 미국 선교사의 말을 들려 주었다. 그가 한국에 들어왔을 때 한국사람들의 눈을 들여다 보고, '이 눈도 보이는가' 하고 쿡 찔러 봤다고 했다. 그러면서 미개할수록 눈에 힘이 없다고 했다. 당시 우리 민족은 일제 학정에 무던히도 시달리던 때이며, 잘 먹지도 못했던 탓에 영양실조가 눈의 총기를 흐리게 해서 그런 수모까지 당한 것이라 짐작이 되었다.

권 선생은 자투리 시간을 허송하지 말라고 했다. 그것이 모아지면 큰 시간이 되는 것이니, 화장실에 가는 것조차 정해 놓고 다니라는 것이었다.

그는 또 계산에도 밝아 일본 가나자와 공고에 유학하던 시절 여

행비를 책정하고 집을 떠나면, 몇 일을 가야하는 장거리 나들이임에
도 일본 목적지에 도착했을 때 한 푼도 차질없이 맞아 떨어졌다고
했다. 아침 산책에 나선 '칸트'를 보고, 마을 사람들이 시간을 맞쳤
다는 이야기처럼, 권 선생도 매사에 빈틈없는 엘리트였다.

언젠가 담임 선생이 종례[1]시간에 들어와서 4학년 영어독본을 줄
줄이 읽고 해석까지 하는 것을 보고 학생들이 깜짝 놀랬다.

그 분이야말로 '피라밋'식 교육을 철저히 익히신 분이었다.

권 선생이 집에서 설합을 열고 뭔가를 찾고 있을 때, 학생들이 예
고도 없이 집에 찾아오면 급히 닫고 자물쇠까지 잠궜다. 이것을 목
격한 학생들은 그 속에 '단파라디오'를 감춰 놓고 미국방송을 듣고
있거나, 아니면 무전기가 들어 있거나 했을 거라고 호기심을 가졌
다. 그러나, 해방 후에 만난 어느 은사님이 그것이 책이었다고 하시
기에, 나는 일본경찰의 감시를 피해 공산서적을 읽은 것이 아니었나
싶었다.

교무실에서 다른 선생님들도 권 선생의 시국담을 종종 넋을 잃고
경청했다. 일제의 폭정에 항거심이 강했고, 시사에 밝은 담임선생은
사랑하고 가장 믿는 제자들에게 우리의 민족혼을 얼마나 일깨워 주
고 싶었을까? 하지만, 그럴 수 없는 현실로 인해 입을 다물어야 했
던 심정은 오죽이나 답답했을까?

해외 수학여행이 임박했을 때였다. 설레이는 마음으로 그 날을 기
다리고 있을 때 종례시간에 들어온 담임 선생은, 몇일 있으면 추풍
령 너머 김천 개성중학교로 전근을 가게 된다고 했다. 그러면서, 일

---

1) 종례:그날의 학과를 모두 마친 후 담임선생이 들어와서 마무리하는 때.

본여행을 같이 떠나지 못하게 됐다고 했다.

이 말을 들은 학생들은 침통해했다. 이 때 담임선생은 제군들이 동경쯤 갔을 때 깜짝 놀랄 일이 생길 것이라고 했다.

권 선생이 전근 간 몇일 후 학생들을 실은 남행열차가 새벽 두시에 김천역에 도착했다. 달빛이 교교한 플랫홈에 중절모를 눌러 쓰고 오바깃을 세운 권 선생이 거기에 나와 서 있었다. 누군가가 차창밖을 내다보며 '권 선생님이다' 하고 고함을 치자 학생들은 저마다 창문을 열고 선생님을 반갑게 맞았다.

이 때 권 선생은 학생들의 환호소리에 파묻혀 싱글벙글했다. 그러나 그 기쁨의 소용돌이도 잠시 기차는 다시 기적을 울리며 남쪽을 향해 빠져나갔다.

멍멍이도 잠이 들었을 한밤중에, 플랫홈에서 오도도 떨며, 제자들을 기다린 권 선생의 모습이 지금도 잊을 수 없는 하나의 사표였다.

지금은 떠나온 옛 직장인데도 지난 정을 잊을 수 없어, 추운 밤인데도 나와 서서 제자들 전도의 안녕을 빌어주었던 것이다. 지금도 생각하면 스승의 도리를 다한 권 선생에게 존경심이 솟구친다.

일본군이 진주만을 기습한 것은 수학여행을 마치고 돌아온 일주일 후였다. 마침내 시사의 귀재인 권 선생의 예언이 들어 맞았다.

8.15 해방은 그로부터 4년 후에 찾아왔다.

나라 안이 온통 조국건설을 위한 정열과 희망에 부풀어 있을 때, 권 선생은 대구 10월 폭동의 주모자로 수배되어 월북하고 말았다. 해방 전에는 일본 제국주의와 투쟁하기 위한 수단으로 공산주의를 선택한 사람들이 많았지만, 해방이 되면서 대한민국의 품으로 돌아온 사람들도 허다했다. 그러나 권 선생은 돌아오지 않고 저들과 손을 잡는 실수를 범한 것이었다.

권 선생이 북으로 올라갔을 때, 그들은 대어(大魚)라도 낚은 듯 열열이 환영했다. 그리고, 각처를 돌며 대한민국을 비방하도록 강요했다. 모교운동장에서 비방할 때 '톤'이 지나치게 격했던 나머지 두 번씩이나 졸도했다. 세 번째 까무라쳤을 때는 그들도 더 이상 시키지 않았다고 한다. 권 선생은 그 후 해주시멘트 회사 책임자로 발탁됐다한다.

어느날 권 선생이 해방 전에 모교에서 같이 근무하던 배 선생님을 방문하여, 이북에 넘어 와서 환멸을 느낀다고 했다. 시멘트 공장의 현재 시설과 인원으로는 도저히 해낼 수 없는 막대한 수량을 생산하라고 강요한다고 실망해하는 것을 보고, 배 선생님은 여기가 그런 곳인 줄 모르고 넘어왔느냐고 일침을 놨다.

이북치하에서 겪어보고 후회하게 된 권 선생은 마침내 1.4후퇴시 월남하여 대한민국에 자수했다. 그러나 잦은 정보기관의 연행으로 많은 고역을 치루게 되자 제자인 이 변호사를 찾아가서 모든 애로를 실토하고 구원을 요청했다. 이 변호사는 자택에 모시어 막내둥이의 과외지도를 부탁했다. 권 선생은 오래간만에 숨을 돌리게 됐다.

그 후 막내가 대학에 합격하자 이 변호사는 지방에서 법원장을 하는 친구의 집에 가정교사로 소개했다. 권 선생이 그곳에서 한 해를 보내고 있을 때, 사위가 작은 빌딩을 마련하게 되어, 그곳의 관리인으로 가 있었는데, 그 후 50이 갓넘은 아까운 나이에 파란 많던 일생을 마감했다.

권 선생이 10월 폭동에 가담만 안 했던들 저렇게 비참하게 한 평생을 끝내지는 않았을 것을, 한 번 실수로 '대구 10월 폭동'의 소용

돌이에 휘말려 돌이킬 수 없는 오명을 남기고 갔다. 남다른 총명도 예지도 시원스럽게 꽃피워보지 못한 채 한 많은 세상을 하직한 것이다.

희대(稀代)의 수재인 권 선생이 끝까지 교육자로 머물러 있었더라면, 이 나라 상아탑 명교수로서 많은 인재를 키워 오대양 육대주로 웅비시겼을 것을 하고, 참으로 아까운 생각이 들었다. 단 한 번이라도 실수를 지지르면 큰 비극을 가져온다는 것을 누구보다도 앞을 내다볼 줄 아는 총명한 권 선생이 어찌 깨닫지 못하였을까? ☯

용숫골 여선생

날이 저문 지하상가를 빠른 걸음으로 걸어가는데 젊은 청년이 난쟁이 같은 작은 여인과 마주오는 것이 보였다. 순간 용숫골의 김선생이 생각났다. 내가 김선생을 처음 만난 것은 왜정 말엽에 사과꽃이 유명한 황주고을 어느 산간 마을에서였다. 서울 약전(현 서울약대)에서 낙방을 하고 두메산골 작은 사립학교에 부임했을 때 김선생은 먼저 와 있었다. 용숫골의 산과 들은 온통 사과나무로 꽉 차 있었다.

이른 아침에 방문을 열고 툇마루에 나가 심호흡을 하면 마을을 뒤덮은 하얀 사과꽃 향기가 십대 가슴에 한아름 안겨졌다. 김선생은 서울태생으로 명문 B여고를 나온 방년 23세의 처녀 교원이었다. 시험에 고배를 마시고 서울에 못가게 된 처량한 나는 그를 마주할 때마다 서울의 향수가 묻어나는 듯했다. 그리고 내년엔 '반드시' 하고 재도전의 결의를 다지게 했다. 그런데 김선생은 난쟁이에 가까운 왜소한 키에 인물도 없는 추녀였다. 귀는 나팔통만 했고, 매부리코는 커서 보기 흉했다. 입이라도 좀 작았더라면 하고 동정이 갈 정도였다. 그러나 눈만은 똘망똘망한 것이 당당한 데가 있어 보이는 신여성이었다. 그는 장안 사대문 안에서 자란 어엿한 명문여고 출신임을 과신하는 듯했다.

농촌의 여학생들은 새벽같이 무리를 지어 잠에서 아직 깨어나지도 않은 내 하숙방을 서슴없이 들이닥쳤다. 새벽잠이 많은 19세의 애송이 교사인 나는 오랫동안 곤욕을 치뤘는데 김선생의 도움으로 아침잠을 제대로 자게 됐다.

상급반에는 나보다 나이 많은 학생들이 드문드문했다. 3학년인 우리반에도 17세의 소녀까지 있었다. 신체검사를 담임선생이 한다고 해서 걱정이 컸던중 여학생들은 따로 김선생이 해줬다. 김선생은 나이가 찬 여학생들이 체육시간에 머리가 아프다고 하거든, 생리중이어서 핑계를 대는 것이니 윽박지르지 말고 쉬게 하라고 일러줬다. 나는 재수를 하려고 시험준비차 조용한 이곳을 찾아 부임했던 것인데, 능률이 오르지 않아서 도서관에 다닐 결심을 하고 한 학기만 끝내고 서울로 올라갈 작정을 했다.

김선생은 내가 처음 가져본 직장에서 처음 만난 이성 동료였다. 김선생에 대한 나의 뉘앙스는 서투른 동생을 곁에서 보살펴 주는 친누나 같은 감정이었다. 김선생과 작별을 위해 그의 교실로 가서 많은 은혜를 입고 떠난다고 하직인사를 하자 '잘 생각했다'고 하며 내년에는 꼭 합격하라고 격려해 줬다. 김선생은 그해 여름방학때 서울집에 왔다가 귀한 선물을 주고 갔다. 100매씩 철한 16절 갱지를 10권이나 주고 간 것이다. 처음에는 연필로 쓰고 두 번째는 청색 잉크로 세 번째는 빨간 잉크로 썼다.

그로부터 2년 후에 조국은 일본의 침탈로부터 해방이 되었고, 나는 Y대에 입학하게 되었는데, 누가 김선생을 서울시청에서 봤다기에 찾아가 2년만에 만났다. "집이 체부동이라고 하시더니 가까워서 좋겠다"고 한 즉, "그 집은 언니가 전답과 함께 물려받고, 자기는 마포집과 원주에 있는 극장을 유산으로 받았다"고 하기에 부러운 생각이 들었다. 고학생이 자주 가면 부담이 될 것 같아서 발길을 끊었다가, 6·25전쟁이 일어나고 9·28 수복이 된 후에 김선생이 근무하고 있는 Y구청으로 찾아갔다. 시민증을 내려면 여러 날이 걸렸는데 김선생을 알고 있다는 그 사실만으로 그 자리에서 시민증을 만들어 주었다. 그로부터 반년이 지난 어느날 그를 다시 만났을 때 내 친구들이 여러 사람 찾아와서 부탁하기에 바로 해주었다고 했다.

김선생에게 신세를 갚는 길은 시집을 못가서 애쓰는 그녀의 고민을 덜어주는 일이라고 생각하고 중매에 나서기로 했다. 기형이라는 악조건이 심한 걸림돌이기는 하나 밀어보기로 했다. 그의 재물을 같이 지켜줄 수 있는 정직한 사람이 필수 조건이기에, 단신 월남하여 가난은 하지만 남에게 구차한 말을 안하고 사는 심지 굳은 나의 절친한 고향 선배들을 여러명 맞선 보였다. 그러나 눈높이를 낮추지 않고 자기 또래의 젊은 사람만 선호하기에 불안한 발상이라고 타일렀다. 그러나 여전히 소개하는 사람마다 나이가 많다고 퇴짜를 놓았다. 몇 년이 지나도록 성사를 못시키고 지방으로 전근 갔다가 다니러 왔을 때 수소문 한즉, '연하의 신랑감을 골라잡기는 했으나 그가 노름꾼일 줄은 꿈에도 몰랐다'고 하더라기에, '기어이 일을 저질렀구나! 방패막이 보루가 속절없이 무너지는가 보다' 하고 씁쓸한 생각이 들었다.

몇 달 후 다시 상경했을 때 청량리역 대합실에서 뜻밖에 김선생을 만났다. 그가 결혼한 후로는 처음이다. 한복차림의 김선생이 야윈 얼굴로 서있기에 다가가서 손을 잡았다. 용숫골서 알게 된 후로 처음 만져보는 손이었다. 어린아이처럼 작은 손이 너무 말라있었다. 무척 반갑기도 하고 또 고마웠던 마음에 식사라도 하자고 권유했으나 했다고 하기에, 그럼 차라도 하자고 다시 부탁했더니 '원주극장에 셈을 보러 가려고 저녁 차를 기다리고 있는 중인데 시간도 없으니 이대로가 좋다'고 사양을 했다. 그러나 그의 속뜻은 자세한 것을 보이지 않기 위해 나를 피하는 눈치였다. '노름꾼 성화에 속이 많이 썩어서 저렇게 축이 갔는가? 그래도 원주극장은 아직 거덜나지 않은 모양이지?' 천만다행이라는 생각을 하며 결혼을 축하한다고 했다. 그랬더니 그는 고개를 떨구었다가 잠시 후 가볍게 흐느꼈다. 그가 열차를 탈 때까지 잠시 회포를 풀었으나 서글픈 추억만 남기고 갔다. 벌써 10년 전이다. 용숫골 사과밭에서 야밤에 우는 두견새소리는 손에 잡힐 듯이 가까이 들려왔었다. 이 밤이 새면 김선생은 또 무슨 말로 나를 보살펴 줄 것인가. 이렇게 기다려졌던 김선생이 오늘 삶에 지친 눈물을 보이고 밤열차에 올랐다. 친누님의 뒷모습을 보는 것 같아 가슴이 아팠다.

일 년후 서울로 다시 돌아와서 Y구청을 찾아 김선생의 소식을 물었더니, 노름꾼과 살다가 전재산을 날리고, 마포구 어느 변두리에 단칸짜리 전세방으로 갔다는 소문만 들었을 뿐, 그의 정확한 거처를 아무도 모른다고 했다. 세상은 어찌하여 저토록 연약한 사람을 내버려 두지 않는가? 그는 파출부가 되고 싶어도 데려갈 사람이 없다. 신체조건이 남보다 불행한 가여운 여인이 남편 사랑도, 자식사랑도 받아보지 못하고 가엾게 살아가다가, 유일한 방패막이 재물마저 날려보냈으니 김선생은 이제 추풍의 낙엽이란 말인가?

마음을 비우고 조건없이 보살펴 주던 김선생의 신세는 잊을 수 없다. 그 갸륵한 뜻을 갚지 못해 죄스럽다. 그 때 김선생을 많이 찾아봤으나 찾지를 못했다. 지금이라도 다시 찾아 나서고 싶은 생각엔 변함이 없다. 만나서 지난 날의 신세를 만의 하나라도 갚을 수 있다면 얼마나 다행일까! ◑

제 Ⅲ 부

· K노인의 전차표

· 내 힘으로

· 그녀에게 새겨준 은인상

· 약속을 목숨처럼

· 인사불성

· 어떤 인연

· 신선생 이야기

· 무상으로 넘겨준 38선 안내자

· 나보다 남을 먼저

· 7년만에 찾은 학점

· 바로 박힌 눈동자

K노인의 전차표

　내가 K씨를 알게 된 것은 중학교 때부터였다. 우리 동네에서 십리 거리에 있는 K씨의 마을은 서종강을 굽어보는 둔덕에 있었다. 그는 풍부한 집안에서 외독자로 자랐다. 천성이 착한 편이어서 힘들어 하는 사람들을 많이 도우며 살아왔다. 마을 사람들은 밭농사를 많이 했는데, 그 중에서도 배추농사를 크게 했다. 장정이 타고 앉아도 끄덕 안하는 우람한 배추단이었다. 김장때가 되면 K씨는 그 소담한 배추단을 암소 등에 싣고 힘들게 사는 친구들을 찾아다니며 돌려주고 있었다. 어떤 때는 마음에 두고있는 산월이네 집에도 가져다줬다.

　8·15 해방 직후 내가 Y대에서 강의를 듣고 광화문통으로 걸어가다가 길가에 앉아있는 K씨를 만났다. 그는 얼마 전에 월남했다고 하며 "이 집에서 신세지고 있다"고 등뒤의 자전거포를 가리켰다. 주인도 K씨와 한동네 사람이었으며, 그도 고향에서 어렵게 지낼 때 K씨의 도움을 많이 받은 사람이다. 그는 일정 말엽에 상경하여 자전

거포를 전전하다가 해방이 되면서 이곳에 가게를 차렸다는 것이다. 그 날 K씨한테서 저녁을 얻어먹고 늦게 그의 숙소로 돌아왔다. 숙소라야 자전거포 천장의 다락방이었다. 그는 여기서 자취를 하고 있다면서 고학생 학사에서 고생하지 말고 여기서 자기가 해주는 밥을 먹고 학교에 다니라고 했다. 자기도 곧 밥벌이를 하게 될 것이라고 하며 부담 갖지 말고 함께 있자고 했다. 그의 후의는 지나치리만큼 고마웠으나 그럴 수는 없다는 생각에서 사양하고 돌아왔다.

8·15해방 직후 서울의 유일한 교통수단은 전차였다. 목이 빠지게 기다리다가 겨우 한 대가 들어오면 저마다 타려고 사생결단하고 밀고 들어갔다. 이럴 때 애엄마는, 얼라봐요! 얼라! 하며 비명을 질렀으며, 사람들 틈에 끼어 빼도 박도 못하는 노인네는, 야! 이놈들아! 하고 불호령을 내렸다. 이렇게 교통전쟁이 한참일 때 수지를 맞히는 쪽은 '쓰리꾼'들이었다. 한 놈은 입구를 가로막고 한 놈은 뒤에서 떠다밀며 호주머니를 털었으니 말이다.

전차가 이처럼 초만원이 되다보니 제때에 못내리고 지나쳐버리는 사람도 있었다. 소변이 급할 때는 신문지를 말아서 사람들 틈에서 실례하는 사람도 있었다고 한다.

나는 동대문 밖에 있는 학사에서 서대문까지 전차를 타고 통학을 했다. 길게 늘어선 도열 속에 끼어 차례를 기다리고 서있었는데 전차 한 대가 저만큼 와 서더니, 뒷창문이 화다닥 열리며 "야! XX야, 이리와 이리!"하며 차장이 손짓을 했다. 다름아닌 K씨였다. 반색을 하고 다가갔더니 뒷창문으로 끌어 올려줬다. '이렇게 해도 되는지 모르겠다. 아무튼 쉽게 탔으니 친구가 좋긴 좋구나?' 하고 속으로 쾌재를 불렀다. 그는 어느새 전차 차장이 되어 있었다.

서로 소식을 주고받으며 한참 타고가다가 서대문이 가까워졌을 때 내린다고 했더니, 내 호주머니에 콱! 손을 쑤셔 넣었다. 궁금했으나 말도 못하고 있다가 전차에서 내리자마자 호주머니 속에 손을 넣었더니 '이럴수가!' 꼬깃꼬깃한 전차표가 한 뭉테기 들어있었다. 그 후 나는 오랫동안 편안한 등교를 했는데, 남을 배려하며 살아오는 그가 혹시 다른 사람에게도 그런 일을 베풀다가 잘못되지나 않았까 하고 한동안 마음 쓰인 적이 있었다.

그의 선친은 고향에서 법 없이도 살 수 있는 사람이라고 칭찬을 받고 살아왔다. K씨도 그런 집안에서 자란 탓에 남을 배려하는 심지가 남다른 데가 있었다. 허허백발이 된 지금도 그는 무료급식소 앞에서 식권을 얻으면, 얻지 못한 연장자에게 양보하고 자기는 제돈 내고 요기를 한다.

재벌중에는 변칙증여 등으로 세상을 시끄럽게 하는 사람이 있다. K노인의 작은 정성을 본받아 세상을 넉넉하게 할 수는 없을런지. 새삼, 오늘따라 K씨가 생각난다. ☯

내 힘으로

　해방이 되면서 청단은 마치 국경도시처럼 변했다.

　마의 38선을 목숨을 걸고 넘어서면 제일 먼저 닿는 도시가 청단이었기 때문이다. 개성 등 다른 곳으로도 넘어 오긴 했으나 이 곳으로 더 많이 몰려 들었다.

　해방되던 해 겨울방학 때였다. 학비를 마련하려고 만병통치로 통하는 '다아찡' 한 병 차고 청단으로 내려갔다. 친구와 여관에서 저녁을 먹고 이북으로 가는 38선 장사꾼들의 틈에 끼어, 날이 어둡기를 기다리고 있는데 묘령의 여인 하나가 홀연히 나타났다. 한눈에 들어오는 미모의 여성이었다. 발랄한 인상이 아침마다 西大門에서 만나는 여대생들과 닮은 데가 많았다. 그런데 얼마 후 남정네들이 보는 앞에서 서슴없이 치마 속으로 '몸뻬(바지)'를 껴입는 것을 보고 희안한 생각이 들었다. 내가 자랄 때 누나들이 저고리 하나를 갈아 입을 때도 돌아서서 입는 것을 본 터라 어째 정숙미 같은 것이 부족하다고 여겨졌다. 그러나 그것도 잠시 그녀에 대한 호기심은 더욱 높아만 갔다. 얼마 후 안내자를 선두로 수십 명의 일행이 38선을 향했다. 달이 휘영청 밝아 미인의 얼굴을 또렷이 볼 수 있어서 다행이라는 생각이 들었다. 어쩌다가 눈이 마주치기라도 하면 용기가 생겨 말을 건네기도 했다. 그녀와 이야기꽃을 피우며 한참 걷다 보니 그녀의 옆으로만 따라붙던 많은 사람들이 어느덧 앞으로 다 가고 우리 둘이만 처지게 됐다. 우리는 사선을 넘는다는 공포도 잊은 채 낭만의 세계로 빠져들기 시작했다. 고달팠던 지난 날이 어디론가 훌훌 달아나버렸다. 이북에서 온 학생들의 고통을 말했을 때 38선을 같이 원망해 주기도 했다. 대화가 오랫동안 진행됐을 때 그녀는 뜻밖의 말을 했다. 자기는 명월관에 나가는 기생이라고 하면서 하루에 평균 300원은 벌고 있다고 했다. 그런데 장차 생업을 바꾸기 위해 낮에는 양재학원에 가서 기술을 배운다고 했다. 6개월 후에는 졸업을 하는데 그 때는 종로에 양장점을 차린다고 했다. 당시는 명월관이 한국 최대의 요정이었다. 쌀 한 말에 30원 할 때였으니 300원이면 하루에 쌀 한 가마니를 버는 셈이었다. 어려운 내 형편으로는 그가 큰 부자처럼 보였다.

그런데 그가 나를 더욱 놀라게 한 것은 '개처럼 벌어서 정승처럼 쓰랬다구' 비록 요정에서 번 돈이긴 하나 뜻있게 쓰고 싶다면서 나를 도와주겠노라고 했다. 서울에 돌아오거든 꼭 자기 집을 찾아달라고 하면서 익선동 어디라고 번지수까지 알려 줬다.

그럭저럭 38선을 넘어 학현역에 도착했을 때는 한밤중이었다. 새벽 첫차까지는 대여섯 시간을 기다려야 했는데, 역장이 "대합실은 바람이 차다"고 하며 관사의 큰 방을 내줬다. 지친 일행들이 방안에 빽빽히 들어 누었을 때 그녀가 내가 누운 옆으로 비집고 들어왔다.

　　방에 불이 꺼지고 칠흑처럼 어두워지자 그녀는 내 팔을 끌어다 베었다. 누가 볼까봐 조마조마했다. 새벽녘에 누가 흔들어 깨우기에 눈을 떠 보니 그녀가 내 귀에 대고 "첫차로 신천온천으로 가자"고 속삭이더니 보따리를 챙겨들고 조용히 빠져나갔다. 나는 당황했다. 동창생을 남겨 두고 눈이 맞은 여자와 먼저 이 곳을 빠져나간다는 것도 모양새가 안 좋거니와, 그보다도 고학하는 내가 그녀의 뜻을 받아들인다면 당장은 편할지 모르나, "웃음을 팔아 모은 그녀의 피 맺힌 돈으로 도움을 받는다는 것은 양심이 허락치가 않았다. 내가 그녀의 도움에 끝까지 감사하고, 죽을 때까지 사랑할 수 있을런지도 자신이 안섰다. 사랑에 속고 돈에 우는 홍도가 또 한 사람 생길 것이 염려가 되어 내힘으로 만난을 극복할 결심을 했다. 이 때 애띠어 보이는 역무원이 와서 "아무데 학교 학생을 누가 찾는다"고 하기에 갸륵한 그녀에게 작별인사라도 하려고 밖에 나갔다. 그녀는 배낭을 걸머지고 철길 건너 플랫홈에 서 있다가 나를 보자 차표 두 장을 들어 보이며 건너 오라고 손짓을 했다. 새벽차는 산구비를 돌아 들어오고 있었다.

　　내가 걸음을 멈추고 허리만 굽히자 그녀는 아쉬운 얼굴을 하며 차표든 손을 힘없이 내렸다. 임을 실은 기차가 멀리 안 보일 때까지 나는 심성이 고운 그녀의 앞길에 행복이 있기를 빌며 손을 흔들어 줬다. 일행이 기다리는 숙소로 돌아온 것은 얼마후였다. ☯

그녀에게 새겨준 은인상恩人像

부녀자들을 납치하여 돈을 강탈하고 성폭행까지 했다가 붙잡히는 사례들을 보고 지난 학창시절 월남하던 때가 생각났다.

고향에 돌아와 마음 편히 지내는 동안 고마웠던 겨울방학이 속절없이 가버렸다. 가난과 굶주림이 기다리는 백사지땅 서울을 향해 또다시 38선을 넘어야 할 때가 왔다. Y대의 두 친구와 G시에서 만나 우리 일행 3명은 해주로 가는 트럭을 잡아탔다. 차가 달리는 동안 누가 눈치 챌까봐 조마조마했다. 구닥다리 화물자동차가 수양산 허리를 힘겹게 오를 때 학현역이 시야에 들어왔다. 우리는 차를 세우고 뛰어내린 후 38선을 겨냥해 산길을 내려갔다. 그런데 어떤 여자가 계속 우리를 따라오고 있었다. 나이는 20대 초반의 우리 또래로, 머리는 아무렇게나 틀어올리고, 투박한 몸빼 위에 긴 치마를 허리에 휘감고, 달랑 트렁크만 머리에 이고 있었다. 주접에 빠진 피난민 몰골이긴 하나 후리후리한 몸매에 이목구비가 반듯한 것이 어딘가 끌리는 데가 있었다. 자세히 보니 학상(鶴相)을 한 미인이었다. 하도 따라오기에 "아주머니는 어딜가시오?"하고 물었더니 "나도 아저씨들 가는데 가요"했다. 38선 가까이에 접근했을 때 사방이 어둡기 시작했다. 우리들은 숲속에서 동태를 살피다가 경비대원들이 저녁을 먹으러 간 사이 간신히 넘었다. 38선을 넘어 청단의 모 여관에서 저녁을 먹고 났을 때도 여인은 계속 치마를 허리에 감고 있었다. "이제는 치마를 좀 벗으시지요. 답답해 보입니다"했더니 내 귀에다 낮은 소리로 "허리에 돈 50만원을 감고 있는데, 이 치마가 감싸주고 있어요"했다. 순간, 깜짝 놀랐다. 해방 초에 우리 학교에서는 한국에서 미국유학을 제일 먼저 보냈는데, 20만원을 학교에 선납해야 4년간 유학을 할 수 있었다. 그러나 쌀 한말에 30원 할 때여서 거금이라 수 천명 학생중 단 세 사람만 떠났던 일이 생각났다. "그런 미국유학을 두 사람이나 보내고도 남는 돈을 지닌 거부라고 생각되어 다시 한번 쳐다봤다. 게다가, 그런 거금을 몸에 차고도 생면부지의 세 젊은이를 믿고 겁없이 따라줬다고 생각하니 흐뭇한 마음도 들었고, 그의 당돌함에 다시 놀랐다.

그녀는 북경에서 댄서를 했다면서 서울에 도착하면 여관을 소개해 달라고 했다.

그녀와 서울까지 동행하는 동안 거금을 지닌 본인보다도 그를 따라가는 우리가 더 긴장됐다. 그래야 할 의무는 없지만 우리들을 믿고 따라주는 그의 갸륵한 바램대로 거금을 무사히 운반해 주고 싶었기 때문이다. 우리는 고향사람이 경영하는 여관으로 안내했다. 먼 곳에서 온 잘 아는 손님이니 주인네 안방에서 가까운 조용한 방에서 쉬게 해 달라고 했다. 그가 짐을 내려놓는 것을 보고 막 돌아서는데, 내일 저녁이나 같이하자고 꼭 들리라는 것이다.

우리들이 여관에 도착한 것은 다음 날 늦은 오후였다. 그녀가 미장원에 갔다해서 기다리고 있는데 얼마후 절세가인이 나타났다. 옷이 날개라고 하더니 이걸 두고 하는 말인가 했다. 완전히 딴 사람이 되어왔다. 저만하면 북경시절 많은 땐서들 중에서 군계일학(君鷄一鶴)이었을테니 어찌 거금을 긁어모으지 못했겠는가 싶었다.

그는 우리를 어느 중국요리집으로 안내했다. 종업원에게 중국말로 몇마디 일러보낸 후 '하이산쥬스'라는 것을 시켰다고 했다. 돼지고기를 일주일 썩혀서 만든 요리인데, 큰 요리점에서만 나오는 것이라고 했다. 나중에 먹어보니 입안에서 녹는 고급요리였다. 회식이 한참 무르익었을 때 그녀는 우리의 은혜를 잊을 수가 없다고 했다. 그렇지 않아도 38선에는 강도들이 많아서 돈도 털리고 목숨까지 잃는 일이 허다하다는 소문을 듣고 고민이 컸다는 것이다. 다행이 때묻지 않고 사심(私心)없는 학생들을 만나서 무사히 넘게되어 하늘이 도왔다고 했다. 앞으로 자기는 다방을 하나 사서 해보던가, 집을 사서 학생들 하숙을 치던가 하겠다고 했다.

융숭한 대접을 받고 자리에서 일어났을 때는 늦은 저녁이었다. 그녀를 여관까지 바래다주고 고학생 학사로 돌아가는 우리들의 발걸음은 가벼웠다. 그것은 우리가 어려운 환경에서도 애써 배운 휴머니즘에 그녀에게 은인(恩人)의 상(像)을 심어주게 된 것이 값진 것이었다고 생각되었기 때문이다.

그로부터 몇 달 후 그를 인현동 시장 입구에서 만났다. 그는 큰 비단 꾸러미를 한 옆에 끼고 있었다. 반갑다고 하면서 지금 학생들 하숙을 치고 있는데, 하숙비는 필요없으니 와 있으라고 했다. 나는 그녀 가슴에 새겨진 우리들의 은인의 상을 영원히 보전하게 하고 싶어서 사양하고 돌아왔다.

 그녀가 지금도 거금을 잘 지키고 사는지? 38선에서 맺은 우리들의 인연을 기억하고 있는지 궁금하다. ◗

약속을 목숨처럼

"나를 국회에 보내 주면 나라를 위해 성심성의를 다하는 일꾼이 되겠다"고 유권자들에게 약속을 해 놓고 당선만 되면, 언제 그랬더냐는 식으로 약속을 헌신짝처럼 벗어 던지고, 당리당략을 앞세우고 싸움만 하는 한심한 작자들을 가끔 보게 되는데, 그럴 때마다 해방 직후의 그 약속이 생각났다.

Y대학에서 여름방학을 하고 38선을 넘어 고향으로 가다가 붙잡혔을 때 감방에 들어갔더니, 4개월째 된다는 친구의 매형이 머리가 많이 빠지고 피골이 상접해 있었다.

그가 해주로 이감되기 전 날 낮은 소리로 "전에 이 방에 있던 사람이 변기구멍으로 들어갔다가 출구를 찾지 못해 도망 못가고 도로 나왔다"고 하기에 "변기구멍이 철근으로 막혀 있던데요?" 한 즉 "그 사람이 몇날 며칠을 두고 결사적으로 흔들어서 빼 놨다고 하면서 지금은 걸쳐만 놓은 상태라"고 했다.

그가 이감을 간 후 간이변소로 가서 가리개를 치고 변기 속을 자세히 들여다 봤더니 6분 철근 다섯 가락이 구멍 콘크리트 테두리에 어엿이 박혀 있었다. 그로부터 몇 일 후 '김윤세'가 폭력죄로 우리 방에 들어왔다.

나와 나이가 엇비슷해서 빨리 통했기 때문에 취침시간에 나즈막한 소리로 배도 고프고, 도망가고 싶다고 한즉 그는 담요 속에 손을 넣더니 자기 손바닥에 써 보라고 했다. 그래서 '변기 구멍으로 도망 갈 수 있음'하고 썼더니 내 손바닥에 '잘됐다. 나는 이남 가는 비밀통로 알고 있음'하고 쓰더니 다시 또 '밤 두시 비밀통로로 이곳 출발. 새벽 4시 황주역 도착 후 평양행 화물열차 차창칸 승차. 한 시간 후 대동강역 하차. 강변 길 십 리 지나 단골 사공 집 도착. 배로 마포나루 직행. 화물열차 꼬리 역 구내 밖에 정거시 내림. 탈옥 실패시 내가 책임짐. 약속함.'이라고 썼다. 김윤세가 다음 날 취조 받으러 밖에 나갔다가 오물탱크를 보고 왔다. 그날 밤 담요 속에서 '오물 푸는 구멍 돌 박혀 있음. d-day 내일 밤 한 시. 옷 따로따로 묶음. 출구 찾고 신호하면 변기 구멍으로 내려 줄 것. 다시 신호 보내면 뒤따라 들어올 것.'이라 다시금 썼다.

다음날 밤, 같은 방 사람들이 꿈나라로 갔을 때 김윤세는 변소의 철근 두 개를 걷어낸 후 탱크 속으로 빠졌다. 구멍에 박힌 돌을 밀어 내려고 탱크 천정을 이곳 저곳 밀어봤으나 꿈적도 안했다. 그것은 어제 그가 돌아보고 온 후 큰 돌로 구멍을 짓눌러놨기 때문이었다. 오랫동안 짓밟힌 오물의 악취가 감방 안에 진동했다. 경비대원들이 소총을 장전하고 방마다 뒤졌다. 나는 변기로 가서 뚜껑을 열고 빨리 올라오라고 했다. 김윤세는 나오기가 무섭게 방석을 찢고 솜뭉치로 몸뚱아리를 닦기 시작했다. 그러나 다가온 경비대원에게 발견되어 쇠고랑을 차고 밖으로 끌려나갔다.

　얼마 후 김윤세의 비명소리가 감방까지 들려왔다. 고문이 시작된 것이다. 공범을 대라고 다그쳤으나, 없다고 버티었을 뿐 결국 나를 불지 않았다. 초주검이 돼 돌아온 김윤세는 내 손바닥에 간신히 '공범 없다 했음. 약속 지킬 것임. 안심하라.'고 썼다. 다음날 아침 내가 이감 될 때까지도 의혈의 남아는 몸을 못 가누고 있었다.

　내가 1년형을 살고 월남 후 복학했을 때 길가에서 김윤세를 만났다. 2년만에 부둥켜안고 큰소리로 반겼다. 그는 무죄로 나와 월남했다고 했다. 약속을 목숨처럼 소중히 생각하는 그의 빛나는 눈동자를 한참 동안 바라봤다. 반세기가 지난 지금 그의 의리가 새삼 그리워지는 것은 무슨 이유일까. 약속을 안지키는 의원님들이 많아서이다. 다음 선거 때는 약속을 꼭 지키는 사람을 골라야 할텐데······ ☯

인사불성人事不省

아침신문에서 서로 안했다고 아웅다웅 다투는 희안한 기사를 읽었다. 그 중의 진짜 죄인이 자기 죄상을 남에게 떠넘기는 것을 보고 내가 겪었던 수난사가 생각났다.

여름방학을 하고 집으로 가다가 38선에서 붙잡혔을 때였다. 모말[1] 만한 비좁은 감방에 스무 명도 넘게 뒤엉켜 있었다.

감방에 처음 들어온 사람은 변소 앞이 자기 자리다. 나는 연로한 분이 처음 들어오면 내가 대신 변소 앞자리로 가고, 내 안쪽 자리로 그를 보내드렸다. 이렇게 장유유서의 뜻을 따른 결과 감방 안에서 신망을 얻게 됐다.

미결수들의 콩밥덩어리는 제일 작은 3자 덩어리였다. 기동을 안하고 앉아 있다고는 하나 그래도 항상 배가 고팠다. 그래서 가족들의 눈물섞인 미숫가루가 기다려졌던 것이다. 그런데 차입을 못받는 사

---

1) 모말:직사각형의 한 되들이 목제 용기.

람이 두 사람 있었다. 이남의 중학생인 '김수산'이와 강도의 죄명을 쓰고 온 변 씨였다. 그들의 고향은 남쪽이어서 가족들이 면회를 못 왔다. 그런대로 수산이는 자주 얻어 먹었으나 변 씨는 한 번도 그렇지를 못했다. 흉악범이라는 꼬리표가 그와의 접근을 막았기 때문이다. 그래서 언제나 3자덩어리에 누더기 죄수복을 걸쳤고 30대답지 않게 쇄잔해 있었다. 그의 가족이 이북에 있었더라면 그가 흉악범이라 할지라도 가족들의 차입은 있었을 거라고 생각하니 인간 변 씨가 가엾게 여겨졌다. 그후부터 미숫가루를 계속 나눠 먹고 양말도 내의도 나누어 주었다.

어느 날 변 씨는 놀라운 말을 했다. 자기는 강도죄로 5년형을 받고 지금 상소중인데, 월남하다가 붙잡혀온 남쪽 대학생들 형량을 봤더니, 5년형 이하짜리는 없더라고 했다. 그러면서 학생도 그 정도는 될 거라고 했다. 이 말을 듣는 순간 겁이 덜컥 났다.

하루해가 뉘엿뉘엿 기울고 있던 어느 날 변 씨는 내 귀에 대고 탈출하지 않겠느냐고 했다. 깜짝 놀랐다. 그는 심각한 표정으로 하루 속히 이 곳을 빠져나가야 다시 공부를 계속하지 않겠느냐, 4~5년을 이 감방 안에서 썩힐 작정이냐고 했다.

변 씨가 몇일을 두고 보채기에, '철창이 6분철근으로 가로막혀 있는데 무슨 재주로 빠져나간단 말이냐'했더니 자기가 등을 타고 올라가 철근을 발로 차면 '우적'하고 빠져나간다고 했다. 그가 비록 뼷적 마르긴 했으나 강도짓까지 했다니 그런 괴력이 어디엔가에 숨어 있단 말인가 했다. 형무소를 월장할 때는 3명이면 족하다는 말도 했다. 그러나 만약 실패할 경우에는 4~5년 이상의 형을 더 받을지도 모르는 일이어서 단념하려고 했다. 그러나 또 한편으로는 이남대

학생은 4~5년 이상을 받을 거라고 해서 결행하기로 굳혔다. 그후 동참할 사람들과 의기투합한 후 모든 준비를 끝내고 D-day만 기다리고 있었다. 그런데 변 씨는 명을 안 내렸다. 물어본즉 '서둘면 실패하기 쉬우니 기다려 보자'고만 했다. 그러나 미루기만하는 그의 속뜻을 누구도 눈치를 못챘다.

그러던 중 감방사람들의 대전방(大傳房)으로 거사멤버가 흐터지는 바람에 탈출은 실행하지도 못했다.

내가 일 년형을 받은 것은 거사가 무산된 한 달 후였다. 미결수로 오래 있었기 때문에 출옥날짜는 석달도 안 남았다. 탈옥을 안하길 잘했다고 생각하고 만기일자를 고대하던 어느 날 느닷없이 계호대에서 데리러 왔다. 나갔더니 뜻밖에 변 씨가 와 있었다. 대장이 '이 사람보고 탈옥하자고 했다는데 사실인가?'하고 묻기에 '그런 일은 없습니다'했다. 그러자 변 씨는 성난 얼굴로 '모든 계획을 저 사람이 짜놓고 저를 유혹했습니다'하고 거침없이 거짓말을 늘어놓았다. 나는 입이 딱 벌어졌다. '세상에 저럴 수가!' 자기에게 베푼 내 인정을 저렇게 짓밟고 뒤집어 씌우다니 이래서 '강도는 인사불성이라고 했던가?' 순간 하늘이 노래졌다.

출옥 날짜가 앞으로 3개월도 채 안 남은 지금 이 일로 해서 가형(加刑)이라도 받게 된다면 새 학년의 등록은 수포로 돌아갈 것인데, 하고 안절부절을 못하고 있을 때, 대장이 변 씨를 향해 "수산이도 당신이 한 짓이라고 말하지 않았는가? 왜 남에게 덤터기를 씌우려고 하는가?"하고 꾸짖으며 대원에게 감방으로 데려가라고 했다.

얼마 후 대장은 '학생은 무모한 꼬임에 빠져들었던거야. 그게 어디 성사가 될 법이나 한 일인가? 하여간 미수로 끝난 사건이니 이

쯤해 두겠으니 무죄는 아니니 일주일 동안 수갑을 차고 근신하라'
는 벌을 내렸다.

그 후 나는 일 주일 동안 수갑을 차고 2중의 옥살이를 하다가 몇
달 후 출옥하여 다시 대학에 복교한 사실이 있었다. 그 때 그 일이
사달이 난 것은 수산이가 새로 옮겨간 감방에서 옆사람과 탈옥모의
의 뒷이야기를 소근거리다가 감시원에게 발각되어 들통이 난 것이
었으며, 계호대에 불려간 수산이가 사건을 추궁받자, 모두 변 씨가
꾸몄다고 실토를 하는 바람에 그 때 변 씨도 끌려나왔던 것임을 알
게 되었다.

그리고 변 씨가 거사를 차일피일 미룬 이유는 탈옥이 불가능한
것을 미리 알고도 차입 한번 못받고 사는 자신의 궁핍한 처지를 면
해 보려고 그런 말로 자신을 부각시켜 요행을 바라는 사람들로부터
대우를 받고자 꾸민 자작극이었다. 결국 그는 지하 1,000m가 넘는
'아오지 탄광'으로 이송되어 중노동을 하게 됐다.

생각하면 지금 인사불성(人事不省)이 어디 변 씨뿐이랴.

모든 수단과 방법을 가리지 않고 책임을 남에게 떠넘기고 나만
살려고 하는 사람이 많다. 그 종류도 각양각색이다. 인사불성이 이
땅에서 사라지는 날 우리도 한 번 살맛이 날 것인데 하는 생각을
하며 신문을 접었다. ◑

어떤 인연

  내가 모 중학교에 근무할 때였다. 하루의 수업을 모두 마치고 교무실에서 쉬고 있는데 교장실에서 부른다고 해서 갔더니, 교장선생은 다소 긴장된 어조로 A씨를 아느냐고 물었다. 처음 듣는 이름이어서 모른다고 했더니 이번에는 P씨는 아느냐고 다시 묻기에 "그 사람은 사기꾼이어서 만나면 피해갑니다" 한즉 교장선생은 그제서야 짐작이 갔던지 부드러운 소리로 다음과 같은 이야기를 들려 주었다.

  A라는 사람이 찾아와서 하는 말이 자기가 알고 있는 P씨가 나를 통해서 이 학교에 취직을 시켜준다고 금품을 가지고 갔다는 것이다. 그러나 수개월이 넘도록 기다리라고만 하기에 이제는 믿을 수가 없어서 직접 알아보려고 왔다고 하므로, 교장선생은 '그런 부탁을 받은 적도 없으며 그 선생도 그런 일이나 부탁 받고 다닐 사람이 아니니 돌아가시오'하고 돌려보냈다는 것이다. 나는 교장선생 말을 듣고 어처구니가 없었다. 다음 순간 인부 모집에 얽힌 실화 한 토막이

생각났다.

고향을 떠난 노동자들이 일자리를 구하려고 북행열차를 타고 북만주로 가고 있을 때, 그들의 등뒤에서 불한당이 노동자들을 자기의 소유물이나 되는 것처럼, 인부 모집을 나온 사람들에게 본인도 모르게 팔아 넘긴다는 것이다. 나 역시 나도 모르게 사기꾼의 이용물이 되는 것이 아닌가 하고 소름이 끼쳤다. 내가 P씨를 처음 만난 것은 월남하다가 붙잡혀 해주 교도소에 수감됐을 때였다. 그가 사기 전과자인 것도 그 곳에서 알게 됐다.

그 후 월남하여 복교했을 때 남영동 파출소 앞을 지나다가 뜻밖에 그를 만났다. 그는 월남 후 순경이 되어 사복근무를 하고 있었다. 그런데 윗도리에 '서울문리대' 뺏지를 달고 있기에 어이된 일인가를 물어봤더니 자기가 야간에 다니는 학교 뺏지라고 했다. 그때는 명문대학에 야간부라는 것이 없었는데 그는 천연덕스럽게 거짓말을 하고 있었다.

그로부터 일 년이 지난 어느날 명동에 나갔다가 우연히 그를 다시 만났다. 이번에는 신사복으로 정장을 하고 손에는 두꺼운 원서를 들고 있었다. 무슨 책이냐고 물었더니 '서반아어' 원서라고 하면서 외국어대학에 나가서 강의를 하고있다고 했다. 그러나 그의 모습 어딘가에 약간의 궁기가 서려있는 것이 언뜻 비쳤다. 서반아어는 영어보다 아는 사람이 적은 편이어서 교수 행세를 하기에는 좀 수월한 편인가 싶었다. 그래도 그렇지, 대학 문턱에도 못가본 사람이 저렇게 대담할 수가 있을까? 저러다가 들통이라도 나면 어쩔려고……나는 그를 마주하고 있는 것이 불안하여 바쁘다는 핑계를 대고 자리를 떴다. 그로부터 몇 달 후 시내 번화가에서 그를 또다시 만났다. 여전히 정장을 하고 두꺼운 서반아어 원서를 들고 있었다. 나는 황급히 그를 피해갔는데 곧 나를 알아보고 다가와서는 일전에 시가행진 때 나를 봤다는 말을 했다. 그것은 얼마 전에 동대문 운동장에서 경축행사를 마치고 각 학교가 시가행진에 들어 갔는데 그때 우리 학교 선두에 내가 서서 가는 것을 봤다는 것이다. 아마도 이미 그때 나를 사기의 이용물로 점을 찍었던 모양이다. 어딘지 모르게 께름직했다.

내게 주번교사 차례가 와서 완장을 차고 학교 주변을 돌아보던

▲ 중학교 교원 근무시, 담임반 학생들과 광능소 풍시

때였다. 정문 멀찌감치에서 두리번거리고 있는 P씨를 발견했다. 필경 나의 근무처를 확인하러 온 눈치였다. 나는 그가 알아보기 전에 피했는데 교장실에 불려간 것은 그 후의 일이었다.

A씨가 다녀간 후 나는 관할 경찰서에 불려가서 심문을 받았다. P씨의 취직알선 건을 묻기에 개입한 사실이 없다고 했다. 경찰서에서는 장본인을 잡을 때까지 나가서 기다리라고 했다. 여러 차례 경찰

서 문을 들락날락한 끝에 사건이 일단락됐다.

나는 그동안 P씨를 친절히 대하지 않았던 것을 많이 후회했다.

'길가에서 소매를 스치고 지나가도 전세의 인연'이라고 했거늘 하물며 교도소 안에서 비록 그것이 콩밥이기는 했으나 그래도 한솥의 밥을 같이 먹은 재소자 사이었는데, 그의 전과가 사기죄라는 파렴치범이어서 가까이 했다가는 혹시 피해라도 입을까봐 겁을 먹고, 소홀히 대한 탓에 그러한 봉변을 당한 것 같다.

만약 그를 만났을 때마다 웃음으로 대하고 차라도 한잔 나누며 담소라도 즐겼더라면, 아니면 식사라도 같이 들며, 지난날 교도소 안에서 배를 곯았던 옛추억을 같이 더듬으면서 인간미 넘치는 따스한 시간을 보낼 수 있었더라면 설마하니 그가 날 두고 그처럼 괴롭히지는 않았을 것이다. 따라서 학교의 취직건만 하더라도 나를 찾아와서 먼저 나와 자초지정을 의논했을 것이다. 그뿐이었겠는가? 만일 내가 밤길에 쓰러져서 신음하는 것을 그가 지나다가 발견했다면 모른 척하고 지나쳐 버렸겠는가? 아닐 것이다. 누구보다도 제일 먼저 구해줬을 것이다. 애석하게도 그 후로 그를 한 번도 만나지 못했다. 다시 한번 P씨를 만날 수 있는 기회가 찾아온다면 이번에는 따스한 사랑으로 그를 맞으리라. ☯

신선생 이야기

　진달래가 필 무렵 서울 역전 광장을 지나노라면 정거장 지하에서 만났던 신선생이 생각난다. 내가 신선생을 처음 알게 된 것은 정확히는 6·25전쟁 일년전 연안읍에서였다.

　가는 날이 장날이라고 대학 등록금을 마련하기 위해 친구와 함께 약을 팔러간 날이 바로 장날이었다.

　출석일수가 모자라면 응시할 수 없어 부득불 방학을 틈타서 약을 팔러 다녔다. 가정에서 필요한 상비약인데도 열집 이상을 찾아다녀야만 겨우 한 갑을 팔 정도로 매상이 안 올랐다. 추레한 구래품 옷차림에 색이 바랜 밀짚모자를 쓰고 집집마다 들낙거리는 초조한 몰골을, 먼 발치에서 지켜보던 신선생이 우리를 향해 손짓을 했다. 의아한 표정으로 다가갔더니 학교 배지(badge)를 번갈아 보며, "고학생 들이오?"하고 물었다. "네 고향이 이북이라 학비를 벌려고 찾아다닙니다"하자 "나를 따라 오시오 넓은 데로 가야지"하며 앞장을 섰다. 따라간 곳은 군청이었다. 넓은 청사 안에는 장도 볼겸 군청일도 볼겸, 겸사겸사 들린 장꾼들로 꽉 차 있었다. 많은 사람들이 신선생을 보고 인사를 했다. 신선생은 50대를 바라보는 장년으로서 당시 모 국회의장의 가까운 친척이었으나 그런 티를 안내는 곧고 뜨거운 의혈의 인물이었다. 이런 사실을 알고 있는 지방 유지나 벼슬아치들은 그를 만만히 보지 못했다. 그가 상석을 향해 소근소근 몇 마디 하더니만, 장내를 향해 큰소리로 "38 이북에 고향을 둔 고학생들이, 학비를 마련하려고 가정의 상비약을 들고 우리 고장을 찾아왔으니 십시일반으로 팔아줍시다"하고 열열히 호소했다. 그리고 책상마다 두루 돌아가며 한 갑씩 나누어 줬다. 평소에 허물없이 지내던 친한 사이에게는 서슴없이 몇 갑씩 더 얹혀주기도 했다.

이리하여 그 많던 약이 삽시간에 매진돼 버렸다. 100집을 찾아 다녀도 못 다 팔았을 많은 분량이다. '세상에 이런 일도 있다니?' 하고 신기한 생각이 들었다. 속으로 쾌재를 부르며 군청을 나와 신선생에게 식사라도 대접하려고 했더니 그는 극구 사양했다. 그 후 우리와 헤어질 때 신선생은 "용기를 잃지 마시오!"하고 격려까지 해 줬다.

친구와 서울행 열차에 편안히 앉아가는 동안 그날 있었던 신선생님의 은혜가 더욱 고맙게 느껴졌다.

6·25전쟁이 지난 지도 5, 6년이 되던 어느 봄날, 진달래가 흐드러지게 필 무렵 우리반 학생들과 남한산성으로 소풍을 가게 됐다. 서울역 광장에 모여 전세버스로 떠나기로 했는데, 학생들이 거진 다 차에 올랐을 무렵 나는 간밤의 과음으로 속이 불편하여 화장실에 가야 했다. 찾아간 곳은 서울역 지하에 있는 일등대합실의 전용화장실이었다. 서둘러 용무를 끝내고 화장실 문을 막 나서는데 문 앞에

서 대기하고 있던 허름한 초로의 인사가, 내가 나가기가 무섭게 급히 들어가서 문을 잠갔다. 그런데 어디서 본 얼굴이었다. 다음 순간, '옳지! 신선생이구나! 맞다 맞어, 세상에 여기서 뵙다니 하필이면……' 나는 꼼짝 안하고 기다리고 있었다. 학생들과 버스로 떠날 시간은 이미 지나 있었다. 그러나 '설마하니 이 인솔교사를 내팽개치고 아무려면 저희들끼리야 떠날라구?' 이런 생각을 하며 서성거리고 있는데 마침내 문을 열고 나온 사람은 틀림없는 신선생이었다. "신선생님! 저를 몰라보시겠습니까?" 하고 두 손을 잡았더니 잠시 후 그도 나를 알아보고 반가와 하더니만 다음 순간 '이런 추한 꼴을 보게 하다니……' 하시는 듯 당혹한 표정을 지었다.

색이 바랜 철지난 양복을 걸친 초췌한 모습이었다. 게다가 사흘에 피삼죽 한 그릇도 못얻어 먹은 사람모양 얼굴이 누렇게 들떠있었다. 그날 군청에서 우리들을 위해 사자후를 부르짖었던 그 때 눈의 총기는 사라지고 없었다. 전쟁때 가족을 잃고 노경에 동가식서가숙하는 신세 같았다. 그래도 그는 내 거처를 알려고 하지 않았다. 내가 서울역 뒤 모 중학교에 몸담고 있다고 알려드린 후, 오늘은 제자들과 소풍을 가는 날이라 긴 말씀은 못드리겠습니다. 내일이라도 꼭 저의 직장을 찾아 주십시오. 그리고 제가 지금 가지고 있는 것이 얼마 안되어 송구스럽습니다. 이거라도 받아 주십시오 하며, 나는 있는대로 다 털어드렸다. 아주 적은 돈은 아니었으나 죄송하기 이를 데 없었다. 신선생은 다행히 사양을 안하고 순순히 받아 쥐었다. 얼마 후 학생들과 전세버스에 실려 소풍을 떠날 때, 지난 날 연안읍에서 신선생이 '용기를 잃지 마시오!' 하셨던 격려의 말이 생각났다. 처절한 학생생활을 할 때 그 격려의 말이 여러번 나를 일으켜 세웠던 것이다.

신선생은 그 후 한번도 찾아주지 않았다. '뭐! 그리 대단한 일도 아니었는데……' 하는 겸손 때문이었을까?

그 후 봄이 올 때마다 진달래가 피었으나 신선생은 한 번도 찾아 주시지 않았다. 서울역 지하에서 있었던 짧은 추억만 남기신 채……. ◗

무상으로 넘겨준 삼팔선 안내자

장노인이 이산가족상봉차 평양으로 떠나기 전날이었다. 나를 보고 고향의 마누라가 병으로 운신을 못한다고 하니 이번에 가도 못 만날 것 같다고 했다. 딸과 사위만 보고 올 것 같다고 하기에, 모처럼의 기회인데 안타까운 일이 아니냐고 했다. 그러자 그는 살아 있다는 것만도 다행한 일이지, 이번에 상봉장에 못나오더라도 다음에 또 고향방문도 있을 것이고 자유왕래도 있지 않겠는가?라고 말했다.

그때까지 둘이 살아만 있으면 돼! 하며 느긋한 태도를 보였다.

그날 돌아오는 차안에서 자유왕래라고 한 그의 말이 다시 생각났다. 자유왕래가 이루어지면 꼭 찾아가 볼 사람이 있기 때문이다.

해방 직후 어느 여름이었다. 집에 가서 학비를 마련하려고 방학을 하고 38선을 넘어서 집으로 가다가 도중에 붙잡혀 이남에서 온 학생이라는 죄목으로 일년 동안 옥살이를 하고 나왔다.

집에 돌아와 보니 이불장 안에 신혼 때 마련했던, 그 많던 이불이 한 채도 남아있질 않았다.

석방운동을 해준다는 사기꾼한테 많은 돈을 떼었기 때문이다.

다시 넘어가서 학업을 계속해야겠는데, 당장 38선 안내비도 없었다. 집안에 돈 나가는 물건은 아무 것도 남아있질 않았다. 할 수 없이 어머니는 동생 몫으로 마련해 뒀던 양복지 한 벌을 내 주셨는데 동생한테 미안했다. 해주에 도착하여 아침에 거리로 나와 보니 월남하다 붙잡힌 남녀노소가 사방에서 일렬종대로 끌려 들어오고 있었다.

안내자를 세웠을 터인데도 저 모양이니 쯧쯧 앞일이 막막했다.

그렇다고 이대로 주저앉을 수는 없다. 기필코 월남을 해야한다. 얼마나 어렵게 들어간 학교인데!

일년 전에 파랏개로 넘어왔을 때 신세진 동해주 바닷가의 노부부가 생각났다. 그 때 비에 젖은 옷을 갈아 입혀 주었던 은혜에 감사하고자 찾아갔는데 나를 보자 깜짝 놀랬다. 그때 역으로 나가다가 붙잡혀 일년 형을 받고 복역 후 엊그제 나왔는데 다시 넘어가야 하겠으나 안내비가 없어서 고민중이라고 했더니, 내 친정 동생이 38선 안내를 하러 왔다가 그쪽에서 몇일 후에 간다고 해서 공치고 돌아가는 길이니 같이 가면 되겠네 했다. 나보다 10년 정도 위로 보이는 농사꾼에게 "동생이 돌아가는 길에 같이 가주지 않겠는가?" 하자 "그럽시다"하고 쾌히 승낙을 했다. 나는 천군만마를 얻은 듯 용기가 솟았다.

그는 구럭을 매고 낡은 밀짚모자를 눌러 쓰고 있었다.

그의 구럭에는 호미자루와 낫자루가 비죽이 나와 있었다. 농군 아저씨는 100m 간격을 두고 따라오라고 하며 앞장을 섰다. 나는 노부부에게 고맙다는 인사를 올린 후 그를 따라가기 시작했다. 여기는

38선 접경지대라 이곳 주민에게는 특별공민증이 부여되어 있었다. 나는 아무 것도 가진 게 없었다. 한참 따라 가는데 청년들이 무리를 지어 다가오고 있었다. 뒤에 '청년동맹'이라는 간판이 보였다.

'젠장 죽기 아니면 살기다' 소매를 걷어 부치고 목에다 힘을 주고 파고 들자 슬며시 대오가 무너졌다. 얼마 안가서 또 한 패가 몰려왔다. 그 중 한 놈이 몇 발짝 앞서오며 입을 열듯 말듯 하면서 나를 노려보기에 '이제는 운이 다 됐나 보다' 기가 팍 죽었다. 그러나 또 발악을 하며 맞받아갔더니 이번에도 비켜갔다.

혼비백산하여 허둥대는 사이 농군 아저씨를 잃어버렸다.

당황하여 급히 달려갔더니 벌써 멀리 둔덕에 서서 급히 나를 손짓하고 있었다.

땡전 한푼 생기지도 않는 일을 나 때문에 모험하는 것이다.

발각되면 형무소 가는 것은 말 할 것도 없다. 서둘러 다가갔더니 멀리 보이는 두 산봉우리를 가리키며, 그 밑에 있는 개울을 건너가면 신작로 세 개가 나오는데 세 번째가 이남 땅이라고 했다. 눈치 못채게 빨리 가라고 하며 구럭속에 넣고온 내 양복지를 꺼내 주기에 "약소하지만 받아주세요"하자, "아니다. 가지고 가라"고 사양을 하며 도망치듯했다. 그래도 따라가며 또 전하려 하자 무서우리만큼 긴장된 얼굴로 "빨리 가요, 여기가 제일 위험한 열성당원들의 동네야! 누가 보면 끝장이야!" 몹시 당황해 하며 종종걸음으로 사라졌다. 나는 등뒤에서 "이 은혜는 꼭 갚아드릴게요 고맙습니다" 하고 인사했다. 등뒤에서 개 짖는 소리가 들려 밭이며 논이며 가로질러 뛰어갔더니 꽤 넓은 개울이 나타났다. 여러차례 들락거리다가 겨우 건넜는데 한 줄기의 개울이 빙빙 돌아 내려간 것을 모르고 네 번씩이나 건너갔다. 한참 가다가 신작로를 건너 갔다.

멀리 보이는 두 번째 신작로를 찝차 한 대가 대낮처럼 밝은 헤드라이트를 밝히며 쏜살같이 지나간다.

소련군 차가 아무려면 저렇게 밝을 리가 없는데, 분명히 저기는 두 번째 신작로가 맞는데, 그렇다면 이북 땅인데, 이런 생각을 하는데 저쪽에서 농사꾼이 빈 달구지를 끌고 오고 있었다.

"아저씨, 이남 땅이 아직 멀었는가요?"하고 물었더니,

"여기가 이남이요. 저기 불이 환한 곳이 청단이구요" 한다.

마침내 월남을 한 것이다.

다음날 서울에 도착하여 학교에 가서 복교 수속을 끝내고 몇년간 고생 끝에 학교를 졸업하던 날, 그 농군 아저씨가 생각났다. 그가 아니었다면 나는 고향에 주저앉아 반동분자라는 딱지가 붙은 채 천덕꾸러기로 밀려 다니다가 처참한 생을 마감했을 것이다.

그분이야말로 내 인생항로를 바로 잡아준 은인이시다.

'통일이 되는 날, 꼭! 찾아가서 은혜에 보답하리라'는 생각을 지금까지 한번도 안해본 적이 없다. 이제 자유왕래를 하게 되면 맨 먼저 찾아가 볼 사람은 바로 노부부와 그 농군 아저씨다.

만나게 되면 그 고장의 명주인 해동주를 나눠 마시며 「가거라 38선」을 같이 함께 불러보리라. ☯

나보다 남을 먼저

　간석역(間石驛)은 얼마 전에 새로 생긴 전철역이다. 종점인 인천 역까지는 그다지 멀지 않은 작은 한촌(寒村)역이다. 어느 날 나는 홈에 앉아 있다가 깜짝 놀랐다. 어떤 젊은 남자가 전동차가 서자마 자 철길로 뛰어 내리더니 맞은 편 홈으로 보따리를 날라갔다. 새로 나온 신문뭉치다. 아슬아슬했다. 아마도 젊은 사람이라 겁도 없고, 동작도 빨라서 그랬을까? 하기사 나도 저런 때가 있었지. 저것보다 더 무거운 짐을 어깨에 메고 그것도 몇 번씩 구름다리를 뛰어넘었 지. 급할 때는 저렇게 철길로 바로 건너도 가고…… 문득 20대에 고 학생 시절이 생각났다.

　내가 있는 고학생 학사의 K라는 신학생은 일요일마다 연백지방의 작은 교회에 가서 설교를 했다. 비교적 학비를 쉽게 버는 학생이었 다. 그는 어느 날 내가 어렵게 지내는 것을 보고 쌀장수를 안해 보 겠느냐고 했다. 연백지방은 쌀원산지여서 서울로 쌀이 많이 올라온 다고 하며, 기차통학증만 있으면 운임은 거저나 다름없으므로 이문이 괜찮을 거라고 했다. 몇일 후 연안읍에 내려가 쌀 두 가마니를 사서 네 푸대에 나누어 담았다. 쌀가게에서 홈에까지 실어다 줘서 협궤열차[1]에 간단히 옮겨 실었다. 쌀 한 가마니가 80kg이니 한 푸대는 40kg이다. 토성 역에 도착하면 한 푸대씩 둘러메고 높은 구름다리를 넘어 서울행 열차에 옮겨 실어야 한다. 홀몸으로 넘는 승객들이 신선처럼 부러웠다. 나도 아까보[2]를 시키면 힘 안 들이고 넘어갈 수 있다. 그러나 장사꾼은 5리(厘)[3]를 보고 10리(里)를 간다해서 낭비할 수가 없어서 부르지 못했다. 정차 시간이 넉넉지 못해서 서둘러야 했다.

세 번째 나를 때 제일 힘들게 올라갔다. 드디어 마지막 보따리를 어깨에 멨는데 기적소리가 쉬지않고 울려와서 당황했다. 할 수 없이 철길로 바로 건너갔다. 마지막 쌀포대를 승강대에 올려놨을 때 역장님은 손을 들어 기차를 보내줬다. 기다려주신 것이 무척 고마웠다. 신촌역까지 끌고와서 같은 반 학생에게 팔아넘겼다. 그날의 시세보다 후하게 놔줬다. 그는 역전에서 쌀가게를 차리고 부친을 도우며 편안하게 장사했다.

학사에 돌아와서 주판을 튕겨보니 끌고 오느라 골병은 들었지만 그래도 고생한 보람은 있었다. 서울 가는 큰 기차는 언제나 토성역에 먼저 와 있었으며 짐을 옮겨 싣는 시간은 항상 촉박했다. 그래서 마지막은 철길로 바로 건너야했다. 역장님의 비호 없이는 불가능했다.

---

1) 협궤열차 : 레일의 폭이 좁은 작은 열차.
2) 아까보(赤帽) : 플랫홈에서 빨간 모자를 쓰고 돈을 받고 보따리를 날라다 주는 사람.
3) 厘(리) : 돈 한푼의 10분의 1

그 날도 짐을 싣고 서울로 올라갈 때였다. 느닷없이 차안에 이변이 생겼다. 이등 객실에서 차표검사를 했는데 시작되자 무임승차자가 여럿이 발각됐다. 이리하여 전무차장의 비리가 현장에서 들어났다. 그 것은 중간역에서 올라탄 철도 감찰원의 기습작전 때문이었다. 이것을 본 나는 역장님이 염려되어 하루빨리 쌀장수를 그만 둬야겠다는 생각이 들었다. 역장님은 철도역에서 엄금하고 있는 철길 횡단을 나에게 묵인해 주셨다. 열차 출발도 늦추어가며 나를 도와주시고 계셨다. 이런 일이 감찰원에게 적발되어 욕을 보게 된다면 큰일이라는 걱정 때문이었다.

딱한 학생을 뿌리치지 못하시고 열차를 세워놓고 기다려야 했던 역장님의 가슴은 얼마나 조였을까, 하고 생각할 때 몸둘 바를 몰랐다.

어느 여름방학 때 친구와 학비조달차 지방에 내려갔을 때였다. 저녁을 사먹고, 구장네집에 찾아가서 하룻밤 신세를 진 적이 있다. 다음 날 이른 아침에 주인에게 잘 쉬고 간다고 인사를 한 후 떠나려고 하자, 주인은 굳이 아침을 먹고 가라고 붙잡는 것이었다. 자기는 구장일을 보는 관계로 찾아와서 묵고가는 사람이 종종 있다고 하면서 어느날 어떤 사람이 찾아왔기에 아침 저녁을 다 먹여주고 재워까지 줬는데, 아침에 떠날 때 얌체스럽게 여비까지 달라고 하더라면서, 학생들은 다르다고하며 후대를 해준 적이 있다. 나만 생각하고 역장님을 더 이상 괴롭히는 얌체스러운 짓은 안 해야 되겠다는 생각에서 장사를 그만 두기로 했다. 당장 그만 두면 내 생활이 다시 고달퍼지겠지, 하고 막막했으나 용단을 내리고 쌀장수를 그만 뒀다.

그 후 얼마 안 되어 공교롭게 6·25전쟁이 일어나서 역장님을 찾

아가 뵙지 못했다. 고마웠던 역장님의 보살핌에 끝없는 경의를 표하
고 있다. ☯

7년만에 찾은 학점

　고등학교 학생들이 교장실을 점거했다는 기사를 보고 내가 겪었던 지난 날이 생각났다.

　6·25 전쟁이 일어난 바로 전해였다. Y대에서는 학점부족으로 졸업 못하게 된 학생들을 구제하기 위해 모자라는 학점을 다시 이수할 기회를 줬다.

　나도 고향으로 올라가다가 38선에서 붙잡혀 몇 달 고생하고 나오는 바람에 중간고사를 치루지 못해 7학점이 부족했다. 그러나 8학점을 추가하여 총 15학점을 이수했다. 8학점은 사회에 나가면 긴요하겠기에 같이 이수한 것이다.

　그러나 J교수는 자기 허락없이 이수한 학점이어서 인정할 수 없다는 것이다. 청천벽력이었다. 나는 그 집 문턱이 닳도록 드나들며 애걸했다. 그러나 고집이 세기로 유명한 그 교수는 들어주지 않았다. 이리하여 취직은 불가능했고, 그럴 때마다 J교수를 원망했다. 그러나 상대가 스승이라는 이유로 따지지도 못하고 비분과 고생을 참아야만 했다.

게시판에 초과학점 취득은 불허한다는 단서 한 마디 없이 이것은 너무 심한 처사가 아닌가 생각도 했다. 만약 시정에서 누군가가 이와 유사한 일을 저질렀다면 무사했을까, 하는 생각도 들었다. 사제 간의 정을 무참히 저버리고 고난의 길을 걷게한 분이 어떻게 상아탑에 설 수가 있었을까? 착한 제자를 만났기에 망정이지 교장실을 점거할 정도의 난폭한 학생을 만났더라면 욕을 봐도 크게 봤을 거라는 생각이 들었다. 일 년 넘게 따라다녔으나 학점을 돌려받지 못한 채 6·25전쟁을 만났다.

전쟁 때 부상을 입은 내가 목발을 짚고 좌천역에 내린 것은 어두운 저녁이었다. 다리를 다치고 육군병원에 입원하고 있을 때 옆침대에 있던 P하사가 퇴원하면 자기 동네에 가서 야학을 하자고 약속을 했었기에 몇일전에 퇴원한 P하사를 찾아간 것이다. 그런데 다음 날 아침 연락을 받고 온 P하사는 공비들이 밤마다 내려와서 지서 순경들과 총격전을 벌이므로 불안해서 부산으로 나가는 길이라고 폭탄선언을 하고 가버렸다. 병원에서 쌓아올린 공든 탑이 일시에 무너져 내렸다. 진작에 교원 자격증이라도 받아 놓았더라면 옛 직장을 찾아갈 수도 있었는데 하고, 또 다시 J교수가 원망스러웠다. 여인숙을 나올 때 주인으로부터 근방 S촌에 중학교의 인가가 나지않은 고등 공민학교가 있다는 말을 듣고 찾아갔다.

그 곳에 근무하게 된 것은 그 다음 날부터였다.

그 후 중학교로 승격이 되자 부임한 교장선생이 무자격자 교원을 모두 몰아내 버렸다. 일자리를 얻은 두 달도 못되어 다시 떨려나 부평초처럼 떠도는 신세가 됐다.

환도후에도 자격증 문제로 취직이 안되기는 마찬가지였다. 이제는 버틸 힘도 없어졌다. 살아갈 의욕을 상실해 버렸다. 죽기 전에 J교수로부터 학점을 인정 안 해주는 속뜻을 알아내고야 말겠다는 비장한 각오까지 했다. 그러나 그것도 잠시 주춤해 버렸다. 그것은 지금까지 스승을 하늘처럼 여겨온 내 신조를 끝까지 지켜야겠다는 생각 때문이었다. 그 후도 간청을 하며 찾아다녔다.

스승의 그림자는 밟지 않는다는 옛 가르침을 끝내 따랐던 탓인지 마침내 J교수가 고집을 철회하고 학점을 인정해준 것이다. 실로 7년 만의 일이다. 신문에 난 고등학교 학생들도 대화로 문제를 풀었더라면 교장실 점거까지는 안했을 거라는 생각이 들었다.

인내와 대화가 소중하게 느껴졌다. 그러나 J교수의 당시의 처사는 아직도 수수께끼로 남아있다. 이제는 타계했으니 물어 볼 길도 없다. 7년 동안이나 내가 그처럼 참고 견딘 것에 대하여 남들도 공감할 수 있을까 하고 회의를 느낄 때도 사실 있다. ☯

바로 박힌 눈동자

　어느 여론 조사에서 외국유학 중 고국에서 전쟁이 나면 돌아오지 않겠다는 대학생이 54%나 됐다고 한다.

　이스라엘 대학생들은 그렇지가 않았다. 고국에서 전쟁이 나면 자진 귀국하여 적과 싸운다고 들었다. 우리나라 대학생들과는 대조적이었다. 이런 말을 들었을 때 휴전선 일각이 무너져 내리는 듯 불안한 생각이 들었다.

　의기(義妓) 논개는 적장을 끌어안고 진주 남강에 뛰어들어 순국했으며, 안중근 의사는 이등방문을 저격하고 여순감옥에서 형장의 이슬로 사라졌다. 윤봉길 의사도 도시락속에 수류탄을 감추고 상해 虹口공원에 잠입하여 일본 시라가와 대장에게 일격을 가하고 순국하는 등 이밖에도 수없이 많은 조국선열들이 54%의 사실을 알게 된다면 그들의 넋은 구천을 헤메이며 나라걱정을 얼마나 할 것인가. 타국에 귀화했거나 그나라 시민권을 취득한 젊은이는 병역의무가 없는데도 고국에 돌아와서 자진입대하는 장한 젊은이들을 가끔 본다. 이런 동포애 앞에서 54% 군상들은 무슨 낯으로 대하려는 것일까.

귀순한 고향출신의 인민군이 향우회에 나와서 다음과 같은 말을 한 적이 있다. 국군 여럿이 인민군 한 명에게 달려들어도 그는 끄떡 안한다고 했다. 그처럼 무서운 훈련을 받은 강병이라고 하면서 정신차려야 한다고 했다. 반세기가 넘도록 못가본 고향의 산천경개를 그로부터 전해듣고 향수를 달래보려고 했었다. 그러나 살벌한 현실을 알고 도리어 중압감만 안고 돌아왔다. 54%의 군상들은 이제 눈을 바로 떠야 하지 않겠는가?

어릴 때 즐겨 부르던 「국경의 밤」이 생각났다. '썰매의 방울소리 처량하게 들리어'로 시작되는 이 노래는, 우국의 젊은이들이 나라를 찾으려고 압록강, 두만강을 건너 썰매를 타고 눈보라치는 만주벌판을 달려 독립군을 찾아간다는 노래가사다. 나는 달밤에 동구밖을 오르내리며 하모니카로 이 노래를 즐겨 불렀다. 멜로디는 구름 사이로 비추는 달빛을 타고 동네 멀리 퍼져나가곤 했다. 그 때 이 노래를 지은 작사 작곡가는 나라를 되찾은 고국땅에서 설마 54%의 사건이 일어나리라고는 상상도 못했을 것이다.

여론조사에서 한심스러운 결과는 또 있었다. 돈이 있으면 명품을 구입하겠다는 대학생이 33%나 됐다고 한다. 자신의 재산을 사회에 환원하는 독지가들을 자주보게 된다. 그 중에서도 일생동안 아껴 입고 아껴 쓰며 어렵게 모은 전재산을 사회에 쾌척하는 고령의 노인들도 허다하게 볼 수 있다. 하물며, 나라의 지도자가 되겠다는 사람 중의 33%가 남을 도울 생각에는 꿈도 안 꾸고, 명품구입에만 눈을 돌리고 있다니 기가 찰 노릇이 아니겠는가. 지금 54%와 33%군상들의 눈알은 바로 박혀 있지 못한 것 같다. 배움의 길을 잘못 보고 가고 있는 것은 아닌지. 장의사를 하는 친구의 말은 초상집에 가보면 많이 배운 상제일수록 울지 않으며, 못배운 상제들이 더 슬피 운다고 들었다. 그렇다면 그들도 54%와 33% 군상과 한 통속 일 게다.

춘원 이광수 씨는 전차칸에서 분단장을 한 기생의 옷속에서 풍기는 향수냄새보다도, 학생들의 교복속에서 나는 땀냄새가 믿음직하고 건설적이라고 했다. 모름지기 우리가 바라는 대학생이란 국난을 피하지않는 애국적인 방패막이요, 동포에게 선행을 베풀 줄 아는 건설적인 사람이다. 54%와 33% 군상들의 빗나간 눈동자가 하루속히 바로 돌아와 우리가 바라는 그런 대학생이 될 수는 없을런지 아쉽기만 하다. ☯

제 Ⅳ 부

· 어머니의 용서

· 정직한 사람

· 정직한 것이 제일이다

· 휴머니즘의 개가

· 잊지못할 김태진 군의관

· 어느 광부의 뜨거운 이웃사랑

· 몰래 넘는 서낭당 고개

· 한 번 더 생각할 때

· 불신시대

어머니의 용서

　어느날 T.V에서 얼굴이 닮은 사람들을 뽑는 대회를 보았다. 그 중에는 독일의 히틀러와 한 치의 오차도 없이 꼭 닮은 사람도 있었다.

　가수를 흉내내는 모창대회는 더러 보았으나, 이런 행사를 보는 것은 처음이었다. 세계 도처에서 내노라하는 사람들이 몰려와서 한참 겨루고 있었다. 나는 이것을 보고 목매간에도 잊지 못하시던 어머니의 소원이 생각났다. 그것은 외할머니의 일이었다.

　서울에는 자기가 보고 싶은 사람의 얼굴과 나이를 대면, 그대로 분장을 하고 나와서 만나주는 곳이 있다고 하셨다. 어머니는 그 곳에 가서 외할머니와 닮은 사람을 만나고 싶어했다. 어머니는 어려서 양친을 잃고 외가에서 어설프게 자라다가 우리 가문으로 출가해 오셨다. 젖먹이 때 잃은 외할아버지는 기억에 없어도, 일곱 살에 여원 외할머니는 기억에 아름아름하다고 하시며, 색바랜 사진 한 장 없는 것이 단장의 아픔이라고 하셨다. 그래서인지 자나깨나 서울을 그리워하셨다. 그러나 가난한 농사꾼이 서울에 간다는 것은 쉬운 일이 아니었다. 게다가 어머니는 설상가상으로 애절한 소원을 호소할 곳조차 없었다. 그러던 중 내가 말귀를 알아듣게 되자 서울이야기를 자연스레 하셨다. 어머니의 기가 내게 통했던 모양이다.

몇 년이 지난 어느 날 나는 어머니에게 "이 다음에 돈 벌어서 외할머니와 만나게 해드린다"고 했다. 그러나 어머니는 "이제는 괜찮다. 너만 보고 살아왔더니 외할머니 생각은 잊어버렸다"고 하시는 것이었다.

나는 중학교에 입학하고 하숙을 하고 있었다. 어느 날 집에 다니러 갔을 때, 물을 마시려고 부엌에 내려갔다. 우연히 찬장문을 열었더니, 놋쟁반 위에는 내가 쓰던 밥주발에 밥이 담겨 있었고, 물대접에는 물이 가득 차 있었다. 나의 수저도 나란히 걸쳐 있었다. 어머니는 객지에 나가 있는 나에게 끼니를 거르지 말라고 정성을 드리고 있었던 것이다. 외할머니에 대한 소원을 나에 대한 사랑으로 바꿔가고 있었던 것이다. 그래서 외할머니 말씀이 쑥 들어간 상태였다. 나는 그것이 도리어 괴로웠다.

외할머니의 희미한 환상이 어머니에게서 사라지기 전에 소원을 풀어들여야겠다는 생각에서였다.

8·15 해방 후 서울에 올라가서 대학을 다니게 됐을 때, 어머니가 원하시던 곳을 사방으로 찾아다녔다. 그러나 쉽지가 않았다. 묻는 곳마다 "옛날에는 있었으나 지금은 모르겠다"고 했기 때문이다. 궁리 끝에 노인층을 만나려고 파고다 공원을 찾아갔다. 고령의 노인들을 여러 사람 만나봤으나 역시 같은 대답이었다. 그래도 단념하지 않고 각처로 수소문하고 다니던 중 6·25전쟁이 일어났다.

내가 이남에 가서 학교를 다닌다고 공산당들이 어머니를 붙잡아 갔다. 드디어 50여 명의 마을사람들이 총살당하는 와중에서 어머니만 유일하게 살아 나오셨다. 총알이 어깨만 뚫고 나갔기 때문이다. 수복 후 마을에서는 공산당에게 학살당한 유가족들이 눈에 불을 켜고 달아난 공산당 가족들을 보복하고 있었다. 수복 후 내가 고향에 도착했을 때 어머니는 내 손을 잡으시고 "절대로 보복하지 말라"고 눈물로 타일렀다. 철이 없을 때 고아가 된 어머니는 외할머니와 닮은 사람이라도 만나보고 싶은 것이 평생 소원이었다. 그런 그리움 속에서 살아온 어머니는 또 다시 생기는 고아들의 설움을 절대 막아야한다는 생각에서 그랬던 것이다. 어머니 눈물 속에는 그 옛날 외할머니와 이승의 길목에서 이별하실 때, 애통해하시던 댕기머리 소녀 모습이 어른거리는 듯했다. 한이 많은 어머니는 지금 남을 용서하고 계셨다. 생각하면 가슴이 아팠으나, 나는 이성을 되찾고 어머니 말씀을 따랐던 것이다.

바야흐로 대통령 선거전이 다가오고 있다. 어머니의 아량을 본받은 너그러운 후보자가 기다려진다. 남을 헐뜯지 않는, 사랑하고 용서할 줄 아는, 아량 있는 큰 재목이 나와서, 새로운 비전으로 유권자들에게 희망을 준다면, 우리들은 얼마나 복 많은 국민이 될 것인가? 어머니 아량에 다시 한번 찬사를 보내고 싶다. ☯

정직한 사람

　P씨는 어느 날 이런 말을 했다. 야간작업을 끝내고 새벽에 귀가하는데, 골목입구에서 큰 마대자루를 보고 차에서 내려 확인했더니 돈보따리였다는 것이다.

　순간 욕심보다도 두려운 생각이 앞서서 지나쳤다고 했다. 한참 가다 생각하니 아무래도 아까운 생각이 들어서, 차를 돌려 되돌아가 봤더니, 벌써 누군가가 집어갔더라는 것이다. "어떤 녀석인지 재수도 좋다"하고 헛탕을 치고 왔는데, 나중에 알고 보니 그 어떤 녀석이란 바로 자기 소꿉친구였다는 것이다. 횡재한 그는 공짜로 생긴 돈을 물쓰듯 했다는 것이다. 원도 한도 없이 주지육림(酒池肉林) 속에서 무절제(無節制)한 생활을 계속하다가 마침내 중병을 얻고 타계했다고 했다. 나는 이 말을 들었을 때 H읍의 꼽추노인이 생각났다.

　내가 H읍의 공장으로 출장갔을 때였다. 일을 끝내고 로타리를 지나오는데 꼽추노인이 찰옥수수를 굽고 있었다. 익는 냄새가 구수하고 먹음직스러워 한 보따리 사들고 왔다. 식구들도 찰지다고 맛있게 먹었다. 그 후 몇 달이 지나서 다시 내려갔더니 역시 그 자리에서 찰옥수수를 굽고 있었다. 손가락이 다 나온 면장갑을 끼고 강냉이를 열심히 다듬고 있었다. 내가 손가방에 두둑히 사서 넣었더니 많이 팔아준다고 덤까지 줬다. 그 후로는 내가 자영업을 하게 되어 H읍에 내려가지 못했다.

몇 년 후 공장의 옛 동료가 청첩장을 보내왔기에 오래간만에 내려가서 로타리를 지나다보니, 꼽추노인이 여전히 옥수수를 굽고 있었다. 전보다 더 노쇄해 있었다. 결혼식을 끝내고 로터리를 향해오면서 "오래간만에 찰옥수수를 사게 됐다"고 했더니 따라오던 동료가 웃으며 하는 말이, "그래봬도 이 고장의 갑부라요"하기에 호기심에 사연을 물어봤다.

꼽추노인은 50대에 6·25전쟁을 만났다.

그 날도 로터리에서 찰옥수수를 굽고 있었는데 북진하던 군인이 돈보따리를 맡기고 갔다. 꼽추라는 표적 때문에 그랬는지는 모르나 처음에는 한사코 거절했다. 그러나 간곡한 요청을 뿌리치지 못하고 수수께끼의 보따리를 맡아놓게 됐다.

그 날 저녁 보따리를 집에다 옮겨 놓고 꼽추노인은 부인에게 사연을 말해줬다. 그리고 이 돈은 우리 것이 아니니 손을 대지 말라고 엄히 타일렀다.

그러나 몇 년이 지나도록 찾아오지 않자 부인은 뒷박살림을 면해 보고 싶었다. 그래도 꼽추노인은 흔들리지 않고 로터리를 지키며 군인이 찾아오기를 기다렸다. 세상에는 그처럼 큰돈이 굴러들어 왔을 때는, 자취를 감추는 것이 흔한 일인데도 강직한 그는 그렇지 않왔다.

몇 년 후 그쪽으로 관광을 갔을 때였다. 오래간만에 H읍의 로터리를 지나다보니 빈 터에는 우람한 빌딩이 들어섰고, 꼽추노인이 그 앞에서 찰옥수수를 굽고 있었다. 아직도 군인을 기다리고 있다니, 이제는 단념할 때도 됐을 터인데하고 그의 끈질긴 고집이 딱하게 느껴졌다.

그로부터 몇 달 후였다.

꼽추노인의 사진이 일간지에 크게 실려 있었다. 그가 돈보따리를 맡기고 간 군인을 기다리다 못해, 그 돈으로 빌딩을 세웠으며, 그 앞에서 군인을 기다리며 노점을 보다가 끝내 만나지 못하고 사망했다는 것이다. 빌딩은 불우한 사람들을 위해 써달라는 유언에 따라 사회에 헌납했다는 내용이었다. 나는 그것을 읽고 시골 중학교에서 교편 생활할 때가 생각났다.

국어교과서에 정직한 사람이라는 낱말이 나왔기에, 학생들에게 '거짓이나 꾸밈이 없이 마음이 바르고 곧은 사람'이라고 설명해 준 일이 있다. 지금은 어른이 됐을 그 학생들이 만일 꼽추노인의 기사를 읽었다면, 공약을 지키지 않고 혈세만 축내는 정치인과 그 노인 중 어느 편을 정직한 사람이라고 손을 들어 줄 것인가? ☯

정직한 것이 제일이다

전봇대를 치고 달아나는 칼날 같은 겨울바람이 귓전을 울릴 때, 마을 사람들은 동토를 따라 피난길을 재촉했다. 그러던 다음 날 'UN군이 원산과 진남포로 상륙했으니 돌아가라'는 전단지를 보고 저마다 발길을 고향으로 돌렸다. 나는 치안대원들과 지서에 맡겼던 무기를 찾아가지고 가려고 지서에 갔다.

그러나 지서장이 출장가서 무기고를 못열었다.

그가 돌아오기를 기다리고 있는데 쌕쌕이 한 대가 마을을 스치며 기관포를 갈기고 달아났다.

다행이 사람은 안 다치고 황소 한 마리가 쓰러졌다. 넓은 마당에서 소를 잡기 시작하자 사람들이 모여들었다. 그것도 구경꺼리라고 저마다 열심히 들여다보고 있을 때 한 여인이 나타났다.

그는 왜정 때 이화여전을 나와 변호사와 결혼하여 살다가, 해방직후에 남편과 사별했다는 키가 약간 커 보이는 미모의 젊은 아낙네였다. 그는 먼저 구경 나온 일행들에게 "상기 멀었네?"하며, 각 뜨는 쪽을 넘겨다보더니 "사람 안 다치길 다행이구만. 도대체 이놈의 전쟁이 언제나 끝이 날거야. 자꾸 후퇴만 하고 있으니 어떻게 되는 거야?"하며, 약간 상기된 얼굴로 "이번에 평양에 입성한 군인 장교들이 저마다 아주머니 색씨 하나 소개해 주세요하던데 전쟁터에서 싸워야할 군인들이 전쟁에는 정신이 없고 여자들만 찾는 것을 보고 대한민국 국군장교들한테 실망을 했다는 것이다. 인민군들은 전방에서 여군과 같이 싸우면서도 절대로 건드리지 못한다. 총살감이라면서"하고 기염을 토하기도 했다.

그의 말이 옳다고 느껴지면서도 순간 긴장감을 누추지 못했다.

나의 중학교 선배이자 치안대의 단장이던 강 선배는 이 말을 귀담아 듣고 있었다. 그는 왜정 말엽에 만주헌병대에 들어갔다가 해방 후 고향으로 나왔는데 9·28후에는 치안대에서 일을 보다가 이번에 같이 피난을 오게 된 것이다.

그날 저녁, 낮에 잡은 쇠고기를 구어 쇠주를 마셨는데 고기맛이 안났다.

모 유력 일간지의 이 선배의 말이 생각났다.

"술맛이 좋을 때란 예쁜 여자가 따라줄 때도 아니오, 안주가 좋을 때도 아니오, 다만 술좌석의 분위기가 좋을 때"라고 했던 말을 그날 실감했다. 피난길이라 불안해서 그런 것 같았다.

그 다음날이었다. 해가 졌는데도 지서장은 돌아오지 않았다. 초조한 기분으로 술판을 다시 벌이고 있는데 출장 나갔던 지서원이 급히 돌아와 하는 말이 "중공군이 지금 남천읍까지 들어왔다"고 했다. 하룻밤에 100리를 간다는 중공군이 예서 40리밖에 안되는 근처까지 왔다는 바람에 술좌석을 박차고 줄행랑을 쳤다.

눈이 강산처럼 와서 신작로가 없어졌다. 저녁달이 휘영청 밝은 백야의 벌판을 전보대만 의지하고 일렬종대로 빠져나갔다.

이때 맨 꼴찌로 따라오던 강 선배가 "동생 동생 꼭! 할말이 있어. 나좀 보자구"하며 헐레벌떡하기에 곁으로 갔더니, "여보게 동생, 평양댁말이야, 어제 낮에 국군장교들을 하도 비방하기에 수상쩍어서 밤늦게 지서에 불러다가 조사했더니 버선목다리 속에서 엄청난 딸라가 나왔어."

다년간 수사관 생활을 해온 강 선배에게는 평양댁의 언동이 예사롭지 않다싶어 조사를 해본 모양이다. "어제는 그냥 돌려보냈는데 지금 생각하니 그 많은 딸라의 출처가 의심이 간단 말이야? 혹시 북에서 내려오는 공작원은 아닐까?"

"그럴 리야 있겠어요. 그도 인텔리 출신인데 지각있는 사람이 설마요"라고 했다.

그러나 강 선배는 믿을 수 없다고 하면서, 되돌아가서 달러를 압수하자고 했다. 그 돈을 군부대에 인계하자고 하면서 내 손을 끌었다. 나는 경솔한 짓을 하지말자고 강력히 뿌리치고 "어서 앞장서세요. 중공군이 따라와요" 하며 등을 떠밀었다. 그래도 미적미적하는 것을 강제로 끌고 나왔다.

그로부터 몇 년이 지난 어느날 인천에 갔을 때였다.

오래간만에 만난 고향친구가 "냉면 잘하는 집이 있다"고 하며 안내했다. 넓은 홀 안에는 사람들이 꼭 찼고, 많은 종업원들이 안내했다. 건물도 냉면집 주인의 것이라고 했다.

차례가 되어 냉면맛을 봤더니 과연 일품이었다.

다 먹고 친구와 계산대 앞으로 가다가 깜짝 놀랐다.

카운터에 앉아서 돈을 받고 있는 여인이 평양댁이었기 때문이다. 내가 아는 체를 했더니 크게 놀래며 오래간만이라고 반가워했다.

평양댁은 "그때 같이 오시던 대장님은 무고하신가요? 한번 뵙고 싶습니다. 언제 한번 꼭! 모시고 오세요.

그분 덕이 큽니다. 그때 내 몸에서 나온 딸라를 만일 나쁜 사람이 봤더라면 빼앗겼을 것입니다.

피난길 무법천지에서 호소할 곳이나 있었나요. 그때 대장님은 욕심을 안내고 내게 돌려줬습니다. 그분은 나를 살려줬습니다."

나는 그말을 듣는 순간, "재주는 곰이 넘고 돈은 되놈이 먹는다던" 말이 생각났다.

강 선배가 수년 전에 속병으로 타계한 그 사실을 평양댁에 전해주고 그 곳을 나와 친구와 작별을 했다. 서울로 돌아오면서 문득 왜정 말년의 일이 생각났다. 내가 징용을 피해 서해안 어느 작은 어촌에 숨어서 영어 공부를 할 때 익혀뒀던 영문 한 구절이 떠올랐다.

"honesty is the best policy"(정직한 것이 제일 좋은 방법이다.)

그때 내가 이 철리(哲理)를 강 선배에게 강요하길 잘했다는 생각이 들었다.

순리에 따르지않고 거역했을 때 그일은 와해가 되지 않았을까. ☯

휴머니즘의 개가凱歌

9·28수복 후 고향에서 치안을 보다가 후퇴할 때였다. 지서에 무기를 맡기고 하룻밤 쉬고 있는데, 중공군이 예서 40리도 안 되는 남천읍까지 밀려왔다하여 자다말고 튀었다.

일 주야를 쫓기어 우리가 닿은 곳은 어느 바닷가의 작은 나루터였다. 황혼이 물들은 바다 건너에 강화도가 보였다. 소리를 지르면 들릴 것만 같았다. 바닷물이 만조가 된 넓은 해안에 배라고는 단 한 척뿐이었다. 멀리 떨어진 둔덕에 집 몇 채가 보였다. 사공이 나타난 것은 얼마 후였다. 강화도로 가자고하자 뱃삯을 너무 많이 불렀다. 깎아 달라고 사정도 하고 달래도 봤으나 자기 배 한 척뿐이라 뱃장을 부렸다. 그가 이런 식으로 이 나루터를 지나는 많은 피난민들을 얼마나 울렸을까를 생각하니 괘씸한 생각까지 들었다. 그러나 화를 참고 소지품까지 털어 보이며 깎아 달라고 애원했다. 하지만 사공의 콧대는 누그러지질 않았다. 바닷물은 점점 쓸려나가고 나룻배는 갯벌에 처박히게 됐다. 지금 적지를 벗어나지 못한다면 뒤따라오는 중공군의 밥이 되고 만다. 그의 고집이 꺾이지 않는 것을 보고, 대한의 젊은이들의 적지 탈출을 가로막는 이적행위자가 아닌가 싶어 긴장이 되었다. 이대로 가다가는 오도가도 못하게 된다는 절박감이 들었다. 쥐죽은 듯이 고요한 이 바닷가에는 우리 말고는 사공 한 사람 뿐이다. 이 곳은 전시하의 무법천지다. 뱃사공을 처치하고 배를 끌고 나갈 수도 있다. 우리 일행 중에는 사공도 있었기 때문이다. 대원들은 술렁거리기 시작했다. 분위기가 극도록 악화됐다. 그러나 나는 인적이 없는 바닷가라고해서 힘으로 밀어 붙쳐서는 안 된다고 생각했다. 휴머니즘을 지켜야 한다는 생각에서 사공의 마음이 돌아서기를 초조한 마음으로 기다리고 있었다. 이 때 사공이 무슨 생각을 했는지 물때를 걱정하며 배를 띄우기가 힘들다고 했다. 그러나 우리들은 무거운, 빈 배를 사력을 다해 먼 거리를 밀고 나갔다. 마침내 배에 오른 7인 모두는 양심과 자제로 위기를 넘긴 것을 다행으로 생각했다. 배가 강화도 가까이에 왔을 때 사공은 물때가 많이 지났으므로 누가 보면 의심할 거라는 것이다.

우리는 배에서 내려 숨을 죽여가며 갯벌을 한참 걸어 나왔다. 언덕에 올라서니 사방은 적막강산이다. 같은 동포의 나루터를 찾아왔는데 왜 이리도 떨리고 불안한 것일까? 더듬더듬 걸어가다가 마을 경비대에 발각되어 지서로 끌려갔다. 그들은 우리를 피난민으로 믿지 않았다. 이북에서 넘어온 공작원으로 몰았다. "지금 물때가 어느 때인데 방금 배에서 내렸다는 것인가, 해지기 전에 미리 건너와 해안가에 숨어 있다가 날이 어두워지니까 행동 개시를 한 것이 아니냐"고 했다. 자유를 찾아오다가 목숨까지 위태롭게 됐을 때였다. 계급장도 없는 젊은 군인이 들어왔다. 웬 사람들이냐고 물었을 때 옆에 있던 대원이 귓속말로 속삭였다. 그러자 그는 "강화도에는 왜 왔느냐"고 물었다. "중학교 한반이던 동창생을 만나러 왔다"고 했더니, 이름이 누구냐고 물었다. '고복섭'이라고 대답하자 대원들의 눈이 휘둥그래졌다. 이때 군인의 표정도 누그러지며, "제 손에 걸리길 천만다행이오. 그 분은 제 막내 삼촌이요"하며 악수를 청했다. 이리하여 우리는 위기를 면하고 풀려나게 됐다. 9·28 수복 후 고복섭이를 동창회장에서 만났을 때, "강화도에서 조카덕에 위험한 고비를 넘긴 적이 있다"고 사의를 표했다. 이 말을 듣고 있던 그는 그때 조카였기 망정이지 실은 간첩으로 알고 총살을 시키려고 했다고 하더라는 것이다.

전신이 오싹했다. 강화도 건너편 나루터에서 위급한 중에도 사공을 해치지 않고 끝가지 이성을 기키길 잘했다는 생각이 들었다. 나루터에서 우리가 지킨 휴머니즘이 우리를 살린 것이라고 생각됐다. ☯

잊지못할 김태진 군의관

　우리가 피난 보따리를 풀어놓은 곳은 진주 남강가의 어느 너와집이었다. 주인이 넓은 사랑채를 비워주어 기거하기에는 불편이 없었다. 그러나 심한 기침으로 잠 못이루는 동생이 가여워 억장이 무너지는 아픔이었다. 주인은 딱해보였던지 약값이나 벌어보라고 하동 김 한 뭉테기와 노자돈까지 수십만원을 대줬다.

　그 당시는 버스가 없어서 트럭 위에 타고다녔다. 김 시세가 좋다는 영월을 향해 가다가 의성 북쪽에서 변을 당했다. 군용트럭을 피하다가 우리 차가 뒤집어졌던 것이다. 정신을 차려보니 병원이었다. 응급치료를 끝내고 어느 여인숙에 뉘여졌다. 다음 날 아침 의사가 왔으나 방안에 섰다가 말없이 가버렸다.

　그러기를 사흘째 되던 날, 의사가 나에게 다가오더니, 이제는 당신 살았오. 당신은 귀에서 피가 나왔오. 두개골에 금이 가면 그런 것인데 살기 힘든 중병이었오. 다리의 골절은 대구에 나가면 치료할 수 있으니 안심하라는 말을 했다.

그로부터 몇일 후, 내가 대구로 나와 어느 종합병원에 입원한 다음날 아침이었다. 강 선배가 내 소문을 듣고 친구들과 앰뷸런스를 몰고와서, "피난민이 무슨 돈이 있다구?"하며 그 차로 육군병원으로 데리고 갔다.

현역장교로 있는 그의 장조카의 덕으로 입원을 했다. 그런데 병실 안에는 팔, 다리의 절단환자가 수두룩했다. 그것은 전선에서 골절된 부상병들이 연달아 밀려오므로 일일이 뼈를 맞추고 할 시간이 없어서 가석하게도 절단을 하는 탓에 그렇다는 것이다. 나는 그 말을 듣고 눈앞이 캄캄했다.

다음 날 수술대에 눕혀졌을 때 나는 군의관에게 "저는 38이북에서 월남하여 고학하다가 지금 부상을 당했습니다. 제가 이제 다리를 잃게 되면 고생한 보람도 없게 되고 제 인생이 너무도 억울합니다. 진주 피난지에 있는 노모와 병석의 동생과 철부지 딸아이를 먹여 살릴 수 있게 제발 다리를 절단하지 말아주십시오"하고 호소했다. 군의관은 내가 바지에 차고있던 허리띠의 Y대의 버클을 말없이 내려다보고 있었다.

시간이 얼마나 흘렀을까?

눈을 떠보니 저녁 불이 환히 들어와 있는 낯익은 병실이었다. 수술 뒤끝이라 통증이 심해 정신이 몽롱했으나 그런 중에도 다리가 걱정이 되어 쓰다듬어 봤더니 여전했다. 상황이 급박한 중에서도 나를 배려해 주고 구해준 군의관 님은 나의 생명의 은인이다.

노장마라톤대회에서 메달을 탈 때마다 더욱 간절하게 느껴진다.

항간에는 딱한 사람의 말은 들으려고도 안한다. 이것이 우리들이 살고 있는 현실의 살벌한 인심이다. 딱한 호소를 깊숙이 헤아리고

▲ 노장 마라톤 아세아 대회 입장식(대만 타이난 시)

나를 거듭나게 해준 군의관 님을 영원히 잊을 수 없다. 그러나 그 거룩한 뜻을 본 받아 살아가지 못해서 항상 죄스럽다. 우선 작은 일이나마 반드시 실천하리라. 내일부터는 구걸하는 사람들의 쪽박에 돈 한 푼 더 넣으리라. ☯

어느 광부의 뜨거운 이웃사랑

얼마 전 중국 심양에 갔을 때 통역관을 따라 서탑의 어느 한식점에 들어갔다. 메뉴에서 보신탕을 보고 몹시 반가웠다. 그것은 값이 한국의 5분의 1도 안 되어 부담없이 먹을 수 있다는 탓도 있었지만, 나와는 각별한 사연이 있어서 더욱 그랬다.

내가 '꼴뚜바위' 광산을 다시 찾은 것은 6·25전쟁 후인 어느 이른 가을이었다. 이 곳은 강원도 S면에 위치한 중석광산으로서 고산지대라 그런 별명이 붙은 모양이다. 첩첩이 둘러 쌓인 높은 산구비를 수도 없이 돌고돌아, 제일 높은 아리랑 고개를 넘어갈 때는 천야만야한 낭떠러지를 내려다보며 '이런 곳으로 살러오게 되다니' 하고 대개는 눈물을 흘린다는 것이다. 살다살다 할 수 없는 사람들이 이런 산골로 모여드는 까닭은, 위험은 하나 그런대로 일터가 보장되고 어설프나마 거처할 곳도 마련할 수 있기 때문이다. 내가 오늘 이 곳에 다시 오게 된 것은 6·25전쟁 직전에 광산에 납품한 대금 때문이었다.

자동차가 저녁 무렵에야 도착했기에 서둘러 자재계장을 찾아갔더니, 읍내 출장중이라고 내일 아침에 오라고 했다. 장터로 내려와 숙소를 정한 후 저녁을 먹고 광부사택으로 B씨를 찾아갔다. 그는 6·25전쟁 얼마전 내가 이 곳에 처음 오던 날 알게 된, 같은 실향민이다. 그날 저녁버스로 와서 광산에 납품할 무거운 메리야스 보따리를 양손에 들고 쩔쩔매며 걸어가는데 허름한 작업복차림의 B씨가 산에서 퇴근하면서 '내가 하나 들어다주지' 하고 보따리를 들어다준 일이 있다. 그 때부터 서로 친하게 지내게 됐다.

그는 나보다 몇 살 위였으며 6·25전쟁 전에 사업에 실패하고 이곳으로 오게 됐다고 했다. 학벌은 높지 않았으나 심지가 굳은 당찬 청년이었다.

그는 어렵게 공부하는 나를 친형처럼 안스러워했던 것이다. B씨는 막장에서 돌아와 집에 있었다. 3년만에 처음 본 그는 목발을 짚고간 나를 보고 깜짝 놀랬다. 황급히 부추기고 방으로 들어가며 그 몹쓸 6·25 때문에 고생이 많다고 따스하게 감싸줬다. 오래간만에 이런 인정에 접하고 보니 내편도 있다는 생각에 외로운 마음이 사라졌다. '세상에 이런 사람만 있다면 내가 억울한 일을 당하지도 않았을 것을' 하고 그에게 존경이 갔다. 내가 광산에 납품한 직후 6·25전쟁으로 다리의 골절상을 입고 육군병원에 입원하고 있을 때였다.

중석광산에서 전쟁으로 밀린 임금과 납품대금을 지불한다는 신문광고를 보고 수금을 하러갔다. 그러나 누가 찾아간 후였다. 그것은 그 광산에 주재하고 있던 특무대 쫄병의 짓이었다. 안면만 알고 지내던 그는 내가 전쟁중에 죽은 줄 알고 그렇게 한 모양이다. 당황한 나는 사장한테 물건임자가 바로 난데 돈이 잘못 나갔다고 진상을 말해줬으나 인정을 안해 주기에 자재계장한테 납품자확인증을 받으러 온 길이었다.

나의 자초지종을 듣고 난 B씨는 차라리 벼룩의 간을 내먹지 어쩌자고 고학생돈을 가로챈단 말일가, 하고 격분했다.

3년동안의 회포를 주고받는 동안 시간이 많이 지났기에 일어서려고 하자 B씨는 잠시만 기다리라고 하며 부엌으로 내려가더니 잠시 후 큰 옹기그릇에 김이 무럭무럭 나는 개다리 하나를 삶아 내왔다. 넓은 옹기그릇에 칼판을 걸치고 그 위에 개다리를 덥썩 올려 놓더니, 뜨거운 손을 후후 불어가며 부엌칼로 숭덩숭덩 썰면서 나더러 집어 먹으라고 했다.

내가 주저하자 자기가 먼저 두어 점 소금에 쿡 찍어 한입에 넣으며 어서 먹으라고 재촉했다. 염치를 무릅쓰고 한입 두입 집어 먹기 시작하자 그는 대견해하며, "다리 다친 데는 이게 특효란 말씀이야, 실컷 먹어요. 개고기는 암만 먹어도 체하는 법이 없어요. 이것 다 먹고 더 갔다 먹자"고 했다.

B씨는 형편이 넉넉지 못한 사람이다. 그에게는 딸린 식구도 많았다. 내가 아니었다면 그집 식구들은 몇 번을 오붓하게 영양보충을 할 수 있었을 것이다. 그의 부인도 개 한 마리를 잡을 때는 식구도 식구지만 험한 일터에서 힘겹게 노동하는 남편의 몸 보신감으로 먹이려고 어찌 생각을 안했겠는가. 그래서 나는 부인의 눈치를 보게됐던 것이다.

그러나 B씨는 가족의 영양보다도 변변히 몸조리도 못하고 떠도는 환자부터 돌봐야겠다는 생각을 하게 된 모양이다.

　내가 이런 일로 조심하는 것을 알기라도 한듯 B씨는 부엌에다 대고 "아이들도 퍼다먹이라"고 큰소리로 말했다. 그는 나를 아낌없이 퍼먹였다. 친동기간인들 어찌 이렇게까지 구김이 없을 수 있을 것인가.

　원래, 개고기는 낮에 한 번 먹으면 저녁을 먹지 않아도 든든하다는 것인데 개다리 하나를 혼자 다 먹다시피 했으니 몇 일 안 먹어도 밥 생각이 없을 것 같았다.

　다음 날 아침 여느 때처럼 엉덩이를 끌며 목발을 집으러 가는데, 별안간에 다리에 자신감이 생겼다. 일어서서 발을 옮겨봤더니 기적처럼 가벼웠다. 개고기 효험이 직방 찾아온 것이다.

　빨리 B씨에게 보여주고 싶어서 집 앞에 다달으니, 그는 작업복차림에 도시락을 들고 막 집을 나서는 참이었다.

　내가 큰소리로 "B형덕에 목발을 버리고 왔다"고 하자 그는 만족하게 웃으며 "아직도 솥에 많이 남아 있으니 저녁에 와서 마저 먹고 힘을 더 내라"고 했다.

　명나라 문인 김성탄은 '가난한 서생이 돈 빌리러 와 멋쩍어 하는 것을, 뒤란으로 끌고가 빌려 주고, 한 잔 하고 가라고 붙드는 것으로 행복을 느꼈다' 는 말을, 어느 일간지에서 읽은 적이 있다. B씨의 남루한 작업복 차림의 머리 위에는 큰 전등이 달린 작업모가 얹혀 있었다. 자신의 힘으로 살아가는 씩씩한 모습이었다.

　가난한 그 광부의 입가에는, 남을 배려하고 흐뭇해하는 행복감이 넘쳐 흘렀다. 부정부패로 얼룩진 공직자들에게도 거듭나는 날이 찾아와서, 국민들의 고통을 덜어주고 흐뭇해 하는 날이 찾아온다면 얼마나 다행일까? 이런 생각을 하며 사택을 내려왔다. ☯

몰래 넘는 서낭당 고개

내가 떠나온 시골은 똑딱선이 드나드는 작은 포구였다. 정확히 말해서 어촌이면서 농촌이었다.

동구 밖 주막거리까지 다해도, 20호가 채 안되는 두메산골이다.

뒷산 중턱에는 낡은 절이 있어서 봄 가을이면 학생들이 소풍을 많이 온다. 마을에서 보면 황해바다가 한 눈에 들어온다. 우리가 영화네 집으로 이사온 것은 몇 달 전이다. 올해 열한 살인 '영화'는 이 집 소녀가장이었다.여덟 살짜리 여동생과 같이 살고 있었다.

영화가 소녀가장이 된 데에는 이러 저러한 사연 때문이었다.

6·25전쟁때 이 섬에서는 많은 사람들이 이북으로 끌려갔다. 그래서 혼자 사는 여인네들이 수두룩했다. 영화 아버지가 끌려간 것도 바로 그 때였다.

사달은 여기서부터 시작됐다.

혼자된 영화 어머니는 두 딸아이와 함께 혼신의 힘을 다해 알뜰하게 살아갔다. 논밭뙈기도 먹고 살 만큼은 마련돼 있어서 어려운 것은 없었다. 그런데 수절하며 살아가던 영화네 젊은 엄마는, 고독을 이기지 못해 어느 날 넘어서는 안 될 선을 넘고 말았다. 그것도 이웃에 사는 친척과의 밀회 끝에 회임까지 하게 되자, 집안 어른들의 준엄한 심판을 받고 그들은 쫓겨나게 됐다.

고독을 참는다는 것은 더 큰 죄를 유발할 지도 모른다고도 한다. 남남의 일이었다면 무사했을지도 모른다는 말도 있다. 언젠가 저녁을 먹을 때 영화가 준 총각김치가 하도 맛이 있기에 '이렇게 알뜰한 살림살이를 놓고 떠나면서 영화어머니는 얼마나 가슴이 아팠을까' 하고 동정이 갔다.

내가 출, 퇴근하는 K중학교까지는 예서 시오리(6km)가 넘었다.

교장선생은 학교 근처로 이사오라고 자주 일렀으나, 순박한 시골 사람들과 일 년 넘게 살아오는 동안 많은 정도 들었고, 예배당에서 행사가 있을 때는 아내가 아이들에게 노래와 율동을 가르쳐온 탓에, 교회사람들이 좀처럼 놓아주질 않았다.

숙직날이 돌아왔을 때였다.

같은 동료가 자기 숙직날은 집안에 행사가 있는 날이라고 걱정을 하기에 바꿔주고 집으로 향했다. 내가 숙직할 때마다 아내는 영화네 어린 것들하고만 자는 것이 불안하다고 하며 한 장노네 집에 가서 할머니와 같이 잤다. 그날도 한 장노네 할머니와 자러간 아내를 데리고 나와 집으로 왔을 때는 좀 늦은 시각이었다.

집 앞에 당도하여 인기척을 하고 방안에 들어서자 저녁을 뜨고 있던 영화 어머니가 질겁을 하고 일어섰다.

아이들도 겁을 먹고 어머니 곁으로 모여들었다. 어머니는 서둘러 젖먹이를 들쳐업었다. 영화 어머니가 겁먹은 표정을 지었을 때 보기에 딱했으며 진실로 미안했다. 나는 영화 어머니에게 "저희들은 아주머니 댁에서 신세를 지고 살고 있읍니다. 염려 마시고 어서 식사를 하세요"라고 말했다. 그러나 영화 어머니는 시선도 안 주고, 황급히 방문을 열고 나갔다.

아내가 따라 나가서 만류했으나 소용이 없었다. 십년 넘게 오손도손 살아온 이 보금자리가 남몰래 만나야 하는 불안한 자리가 된 것이다. 지금 영화 어머니에게 제일 무서운 존재는 바로 불륜을 저지른 남자의 부인인 것이다. 그것이 염려가 되어 영화 어머니를 더 붙잡지 못했다. 마침내 영화 어머니는 야밤인데도 부랴부랴 서낭당 고개를 넘어갔다.

아이들은 내다보지도 못하고 흐느끼기만 했다. 그들 모녀들은 내가 숙직하는 날은 저희집 안방에서 밀회를 해온 것 같다. 그래서 오늘도 웃을 수 없는 촌극이 벌어졌던 것이다. 그들이 만나고 싶을 때 만날 수 있도록 나는 여기서 나가 줘야겠다고 생각했다.

영화 어머니가 우리 때문에 신경 안 써도 되는 먼 곳으로.

나는 언젠가 일간지에서 외국의 명작을 평한 칼럼을 읽은 적이 있다. 그 작품의 여주인공인 '안나카레리나'가 만일 현대 사람이었다면, 불륜 때문에 그는 철도 자살을 안했을 것이라는 내용이었다. 참고 지내노라면 좋은 날이 올 것이다. 참는 것이 미덕이다라고 하던 시대는 이미 지났다는 말도 있다. 그러나 영화 어머니는 다른 사람도 아닌 친척과 불륜을 저지른 여인이어서 더욱 규탄을 받게 된 것이다. 그러나 죄없는 어린 것들을 달리 구제할 방법은 없는 것인지 안타까울 따름이었다. 영화네 집안의 두터운 유교사상의 벽을 누가 감히 뚫을 수 있겠는가를, 생각했을 때 나는 더욱 답답해졌다. ☯

한 번 더 생각할 때

5남매를 거느린 A씨는 어지간하게 가난했다.

그는 죽지못해 산다는 말을 입버릇처럼 해왔다. 그럴 때마다 나는 '아이들이 크면 제일 팔자가 좋은 영감이 될텐데 뭘 그러느냐? 잠깐이면 다 지나간다' 하며 늘 위로해 줬다.

A씨는 본래부터 다리가 불구여서 돈벌이를 못했다. 부인이 젖먹이를 등에 업고 소금동이를 이고 촌동네를 찾아다니며 돈도 받고 곡식과 바꾸기도 했다. 그러나 일곱 식구가 입에 풀칠하기에는 역부족이었다. 그래서 A씨는 오랜 세월 친구들한테서 도움을 받으며 살아왔다. 그러나 이제는 그나마 힘들어졌다. 오랫동안 치닥거리를 해온 친구들이 이제는 만나주지 않기 때문이다.

어려서 발목을 다치고 불구가 된 그는 상이용사도 아니어서 보상금이라고는 한 푼도 못받았다. 어느 날 그는 다리를 절며 친구들을 만나려고 저물도록 찾아 헤맸으나 만나지 못하고 빈 손으로 돌아오고 있었다.

기차에서 내렸을 때는 버스도 끊긴 늦은 시각이었다. 사방은 칠흑같이 어두웠다. 십리나 되는 밤길을 절면서 집으로 향했다. 어느덧 서낭당 고개까지 왔다. 이 고개는 소도둑이 나오는 고개라 해서 대명천지에도 혼자 넘기를 꺼리는 곳이다. 버스가 한 시간에 한 번밖에 안 다녔으나 사람들은 꼭 기다렸다가 타고 넘었다. A선배도 쌀 말값이라도 얻어가지고 늦은 밤에 혼자 넘을 때에는, 귀밑이 쭈빗해지도록 무서움을 느끼던 곳이다. 그러나 오늘은 빈털털이어서 아무렇지도 않았다. 오히려 밤손님을 만나고 싶어졌다. 오늘밤 번 돈을 얼마만이라도 좀 떼어달라고 도둑에게 사정해보고 싶은 생각이 들어 고개마루에 앉아서 기다리기로 했다.

아침에 집을 나설 때 쌀 한 톨도 없는 것을 보고 나왔다.

다급해진 A씨가 밤손님을 기다렸으나 북두칠성 별자리가 새벽하늘로 옮겨갈 때까지 밤손님은 나타나지 않았다. 마침내 A선배는 큰소리로 '도둑놈 아저씨, 도둑놈 아저씨' 하고 도둑을 불렀다. 여러 번 반복했으나 메아리지어 되돌아오기만 했다. 끝내 도둑놈 아저씨가 나타나지 않자 A선배는 '너마저 나를 피하는 것이냐? 차라리 잘됐다. 내 어찌 도둑놈 돈을 받을 수 있겠느냐. 만약에 돈을 받았다가 도둑이 붙잡히는 날에는 나도 공범자로 처벌을 받게 될 것이다. 그리고 우리 아이들도 도둑놈 아이라는 오명을 남기게 될 것이다. 내게는 귀한 오남매들이다. 내년만 되면 큰놈이 구두닦이라도 할 수 있는 나이가 된다.' 이렇게 혼자서 중얼거렸다는 것이다.

A선배는 도둑이 도착하기 전에 서둘러 그 자리를 떠났다. 민초처럼 쓰러지지 않는 자존심과 강철같은 인내심과 뜨거운 부성애를 지닌 A선배에게 찬사를 보냈다.

바라건대, 일을 저지르기 전에 한 번 더 생각해 볼 수는 없을까? 그리되면 국민의 혈세 같은 것을 훔치는 도둑도 없어지지 않을런지.

그 옛날 잠시 엉뚱한 생각을 먹었다가 마음을 고쳐먹었던 A씨는, 가난했지만 티 없이 잘 자란 자식들 덕에 지금은 넉넉한 삶을 살아간다. 벗들이 좋아하는 술병을 차고 신세진 친구들을 차례로 찾아보며, 이제는 주눅이 들지 않는 능숙한 화술로 오늘도 어디에선가 친구들을 웃기고 있을 것이다. ☯

불신시대

　주인없는 상점에 들어갔더니 사람의 그림자라고는 얼씬도 안했다. 정가표대로 돈을 놓고 물건을 들고 나왔다. 그 곳은 주인없는 가게였다. 물론 요새일은 아니다. 은행직원까지 가세하여 부정으로 돈을 빼가는 오늘날에 이런 말을 하면 믿지않을 것이다. 이렇게 믿지 못할 세상이 돼버린 탓에 나도 믿지 못할 사람으로 취급된 적이 있다. 그것은 박씨아저씨한테서였다.

　그를 처음 알게 된 것은 어느 악극단에서였는데, 내가 그 악극단에 가게 된 것은 나의 후배인 D씨 때문이었다.

　그는 중학시절 자기가 따랐던 어느 배우의 성화로, 소규모의 악극단을 만들었는데, 사업주체인 미곡 도매상 때문에 손을 못대고 타인에게 맡겨 놓고 있었다.

　그때문인지 수익금을 한 푼도 구경할 수 없다면서 나더러 가서 알아보라고 했다. 그때 나는 실직중이라 시간이 있기에 그의 청대로 감사차 나갔다가 그를 알게 됐다.

박씨는 50을 갓넘은 좌상으로서 단원들은 그를 '박씨아저씨'라고
불렀다.

그는 무대장치를 뗐다붙였다 하는 목수일을 했다. 그리고 술을 좋
아하는 애주가이기도 했다.

어느 추운 겨울 다음 공연장으로 이동할 때였다. 살림살이와 단원
들을 태운 트럭 한 대가 매서운 시베리아바람 속을 내달리고 있을
때, 단원들은 짐짝위에 타고 덜덜 떨고 있었다.

이때 박씨아저씨는 허공을 향해 "암만 추워바라 내가 내복 사입
을까봐? 술 사먹지" 하고 목청을 높였다.

이렇게 술을 좋아하는 박씨를 내가 다시 만난 것은 몇 년 후 어
느 시골 기차 역전에서였다. 내가 H시멘트 건설현장에 내려가 있을
때 시내에 나갔다가 해후(邂逅)하게 된 것이다.

전처럼 남루한 차림은 아니었으며, 중고품이긴 하나 정장을 한 중
년신사였다.

얼굴의 술살은 완전히 빠져나갔으나 약간 핼쑥해 보였다.

내가 다가가서 아는 체하자 그는 깜짝 놀라며 어인 일이냐고 묻
기에, 얼마전에 이곳 시멘트공장 건설사무소에 내려와 있다고 했다.

이 때 아주머니 몇 사람이 그에게 와서,

"집사님 찻시간이 다 됐어요 나가시지요" 했다. 한 눈에 봐도 대
우받는 처지였다.

그는 여인들을 먼저 보낸 후 자기는 지금 이 곳 교회에서 일을
보고 있다고 하기에, "참 잘 생각하셨습니다. 반갑습니다. 꼭 저녁에
제 숙소로 놀러오십시오. 오래간만에 옛 이야기나 합시다"하고 헤어
졌다.

박씨아저씨가 내 숙소를 찾아오면 그가 좋아하는 술을 대접하고 싶었다. 교회안에서 금주령에 묶여 고행을 겪는 박씨아저씨에게 동정이 갔기 때문이다. 먹고 싶은 술을 멀쩡한 정신으로 억지로 참는 것은 여간한 고역이 아니다.

나도 기독교 계통 학교에 근무할 때 이미 경험해본 사실이다. 그가 취하면 재워보내려고 했다. 집에 가봤자 토끼 같은 아이가 있나, 허리가 잘숙한 마누라가 있나, 홀애비신센데……

그런데 박씨아저씨는 한 달이 넘도록 찾아오지 않았다.

하도 궁금하여 교회로 갔더니 한 달 전에 그만두고 떠났다고 했다. 일년 동안 교회에서 봉사하다 갔다면서 담임목사는 못내 아쉬워했다. 한 달 전에 나갔다면 나를 만나고 난 바로 뒤다. 그가 교회를 찾았던 동기는 알 수 없지만 유랑생활을 청산하고 자리를 잡았던 그가, 나를 만나자마자 떠나버렸다면 혹시 나를 의심한 때문이 아닐까? 자신의 추잡한 주정사(酒酊史)가 나를 통해 교회에 알려질까 염려되어 나로부터 먼거리로 가버린 것 같다. 그가 내 본뜻을 믿어주지 않은 것이 섭섭하기도 하고 야속하기까지 했다. 또다시 떠돌이 신세가 될 것 같아 가엾은 생각이 들었다.

생각하면 사람을 믿지않는 불신풍조는 어찌 박씨아저씨만의 일이겠는가. 우리사회에 만연된 악습이 돼버렸다.

그것은 6·25전쟁 후부터 생겨났다.

의용군을 피해 집안에 숨어있던 많은 젊은이들은, 여성동맹원들의 고자질 때문에 많이 붙잡혀갔다.

외지에서 들어온 공산당원들에게 '고 집에 숨어있다'고 손가락질을 해줬기 때문이다.

그 후로는 누가 찾아오면 겁부터 먹게 됐다. 방문 사이로 내다보고 모르는 사람일 때는 '믿을 것이 못된다'고 문을 열어주지 않았다. 그 악습은 지금도 너더분히 깔려있다.

서로 믿는 풍조가 존재하지 않는다면 우리들의 번영은 기대 할 수 없다. 불신풍조가 계속돼는 데에는 정치인들에게도 책임이 클 것 같다.

공약만 남발하고 실천을 외면한 채 혈세만 축내고 있는 한심한 정치인들이 국민들로부터 불신을 사고 있기 때문이다.

우리가 믿고 바로 뽑은 정치인들이 우리와 함께 손잡고 나간다면 서로 믿는 유토피아를 건설할 수 있지 않을까. ☯

제 V 부

· 하모니카 소리
· 마동강을 둘이 건널 때
· 고향 냉면
· 음식맛은 시종일관해야
· 맞지않는 궁합
· 촌부의 피맺힌 유산
· 추석의 파수꾼
· 술안주를 넉넉히
· 백마농장의 억울한 누렁이
· 잊을 것은 잊고 살아야
· 탈북자는 우리 형제
· 도라산 관광

하모니카 소리

김봉천 씨는 나무다리를 잘 탔다. 마을에 단오가 돌아오면 삼광청년단에서는 씨름이 시작되기 전에 나무다리를 탄 그를 앞세우고 동네를 돌며 가장행렬을 벌였다. 길다란 나무다리를 무릎 위까지 동여매고 고깔모자에 장삼을 입고 너훌너훌 춤을 추며 갈지자로 걸어갔다. 여느 사람들은 서지도 못했다.

저녁에는 연극도 했다. 이 때도 주인공으로 나와 동네사람들을 울리고 웃기고 했다. 훤칠한 키에 쌍가풀 눈을 하고 용모가 단정한 그는 동네 처녀들의 우상이었던 것이다. 한 가지 아쉬운 점이 있다면 학교에서 내내 1등을 하고도 가정이 어려워 중학교에 진학을 못한 점이다.

그는 음악에도 남다른 데가 있어서 하모니카를 기가 막히게 잘 불었다. 담장을 사이에 둔 천석꾼의 외동딸 은옥이가 김봉천 씨와 사랑을 맺게 된 것도 바로 그 하모니카 소리 때문이었다.

밤이면 뒷담을 넘어 오는 하모니카 소리를 신호로, 그들은 동네를 빠져 나와 물레방아가 쉬고있는 개울가를 거닐기도 하고, 아예 외나무다리를 건너 앞 남산으로 올라가 뜨거운 사랑을 속삭이며 장래를 약속하기도 했다. 그러나 은옥이의 부모님은 극구 반대했다. 술주정뱅이 오라버니는 더 심했다. 만나지 말라고 은옥이를 죽일 듯이 닥달했다. 학벌도 없고 가난뱅이 출신인 김봉천 씨는 천석꾼의 딸에게는 상대가 못된다는 것이다.

두 남녀의 소문이 자자하게 나돌자 어느 가을날 밤 주정뱅이 오라버니는 김봉천 씨네 집으로 쳐들어 가서, 이불속에 숨어 있는 그를 끌어 내어 구둣발로 짓이겼다. 마침 지나던 행인들이 뜯어 말려 간신히 빠져 나와 다음 날 아침 북만주로 떠나 버린 것이다.

만주땅으로 쫓겨온 많은 동포들은 일확천금을 노리고 아편장수에 손을 댔다. 그러다가 마침내는 돈도 못벌고 자신들도 중독이 되어 생명까지 잃는 일이 허다했다. 가난뱅이라는 허물 때문에 사랑하는 이의 곁에서 내쫓겨 만리타향으로 떠밀린 김봉천 씨가 아편장수로 일확천금을 노렸다는 것은 어쩌면 당연한 일이었는지도 모른다. 그러나 불행하게도 그 역시 중독에 빠져든 신세가 된 것이다.

어느 날 아들이 위급하다는 전보를 받고 까무라치게 놀랜 그의 모친은 은옥이의 사환을 시켜 그녀에게 전해줬다. 은옥이는 당황한 나머지 사환을 시켜 당장에 데려 오도록 했다.

끝도 없는 만주벌판을 기차로 사흘, 다시 마차로 100리를 달려 가서 마침내 도착한 곳은, 토담집들이 게딱지처럼 붙어있는 황량한 둔덕이었다.

고국에서 쫓겨온 가난한 동포들은 혹한 영하 30~40도 추위를 이런 곳에서 버티고 있었다. 물어물어 거처를 찾아 갔더니 어젯밤에 숨을 거두었다고 하며 집뒤의 공동묘지를 가르켜 줬다. 달려가 보니 개들이 거의 다 포식 한 후여서 시신을 알아볼 수가 없게 됐다.

만주에서는 공동묘지에 내다버린 시신을 개들에게 뜯어 먹게하는 습관이 있어서 그랬던 것이다. 장래가 촉망되던 고향의 한 모범청년은 부모들의 반대로 사랑을 못이루고 이렇게 비참하게 생을 마감한 것이다.

은옥이가 시집을 간 것은 몇 년 후였다. 그의 얼굴은 언제보나 수심이 가득 했으며 웃는 것을 본 사람은 극히 드물었다. 사춘기의 여린 가슴을 설레이게 했던 하모니카 소리와, 물레방아 개울가를 거닐던 옛일하며, 남산에서의 뜨거웠던 추억속에서 아무래도 헤어나지를 못하는 것 같았다.

사랑을 못 이루고 북망산천으로 떠나간 김봉천 씨의 고혼이 오늘도 구천을 헤메며 옛님을 절규하고 있을지도 모른다. 돈과 인품을 구별 못하는 사람이 늘어간다면 김봉천 씨네처럼 구천의 곡소리로 점점 시끄러워지지 않을런지. ☯

마동강馬洞江을 둘이 건널 때

　어느 날 이웃에 사는 친구 내외와 마동 읍내로 장을 보러 나갔다. 단오대목장이라 많은 사람들이 붐볐는데 느닷없이 소나기 삼형제가 지나가는 바람에 장이 깨지는가 했다. 다행이 얼마 후 청천하늘로 되돌아와 장마당은 다시 붐볐다. 멀리 재 너머에는 아직도 구름 떼가 벗겨지지 않았으나 이제 비는 그만 올 것 같았다. 저녁 때가 다 되었을 때였다. 친구는 아직 볼 일이 남았다고 하면서 더 늦기 전에 자기 처를 데리고 먼저 집으로 돌아가라고 했다. 넓은 태상벌 지평선에는 어느덧 저녁 해가 넘어가고 하늘에는 보름달이 떠오르고 있었다. 나는 친구 처와 예서 십 리가 넘는 집을 향해 강가로 나왔다. 강을 따라 올라가면 긴 다리도 있었지만 사람들은 가까운 쪽으로 발을 뽑고 건너다녔다. 상류에서는 여기보다 비가 더 왔는지 강물이 다소 불어나 있었다. 인적이 끊긴 강가에서 나는 바지를 벗고 팬티 바람으로 앞장서서 물을 건넜다. 친구 부인도 뒤따라 건너려니 하고는 돌아보지 않았다. 강심에 이르렀을 때였다. '아저씨, 아저씨' 하고 뒤에서 다급하게 불렀다. 황급히 뒤돌아 본 나는 '에그머니' 하고 얼굴을 돌려버렸다. 친구 부인이 수심을 염려했던지 XX 차림으로 물속에서 당황하고 있었기 때문이다. 내가 돌아선 채 움직이지 않자 '아저씨, 우리 아이가, 아이가' 하며 자지러지는 소리를 냈다. 여인의 머리 위에는 큰 다라이가 놓여 있었으며 업은 아이는 궁둥이 아래로 흘러내려 있었다. 밑에는 물살이 도도히 흐르고 있었다. 나는 급박해진 부인을 보고 어쩔 수 없이 물살을 헤치고 여인에게 다가갔다. 제일 다급한 아이를 치켜 올려주고 다라이를 내렸다. 그 속에는 여인의 옷이 담겨 있었다. 나는 내 옷도 함께 담고 빠른 걸음으로 건넌 후 옷을 꺼내들고 한참 나가다가 입었다. 달이 휘엉청 밝은 시골길을 앞장서 가며 생각하니 공연히 죄를 지은 것 같은 기분이 들었다. 친구와 행동을 같이 못한 것이 후회가 됐다.

착잡한 기분으로 한참동안 앞서가던 나는 강심에서의 사건이 지워지지 않았다. 부인의 속뜻도 납득이 안 갔다. 고향에서 장마로 외나무다리가 떠내려 갔을 때 사람들은 발을 뽑고 건넜다. 이 때 물을 건너던 두 여인이 물이 점점 차 올라오자 치마를 배위까지 걷어 올리고 팬티를 적셔가며 건넜다. 친구부인은 그렇지가 않았다. 그의 강물에서의 행보가 수상쩍게 느껴졌다. 어느 덧 길가의 상여집이 시야에 들어왔다. 여느 때는 낮에도 으시시해 기분 나쁜 곳이었는데 오늘은 인적이 끊긴 밤인데도 무섭지가 않았다. 그런데 갑자기 내걸음이 주춤거리기 시작했다. 강한 회오리 바람이 앞을 막아선 것이다. 바람은 순식간에 나를 지나 뒤따라오던 부인까지 휘감았다. 나는 중심을 잡으려고 애쓰며 뒤뚱거리는 그녀를 안을 수밖에 없었다. 그녀를 끌어안은 순간, 내 눈에는 그녀의 등 뒤에서 포근히 잠든 아이의 얼굴이 클로즈업되었다.

그 곳에는 고요와 평화가 깃들어 있었다. 순간 나는 평화의 파괴자같은 죄책감에 멈칫 물러섰다. 나는 쫓기듯이 걸음을 재촉했다.

지금 성 문란 행위가 도처에서 범람하고 있는 험한 세태이다. 내가 그날 밤 상여집 앞에서 잠시 흔들렸다 수습할 수 있었던 자제력은 평소부터 사회악을 질시해 왔으며, 그 박멸을 신조로 삼아온 탓에 생긴 것이다. 후미진 곳에 왔다해서 이때까지의 철학과 결심을 무너뜨릴 수 없다는 강한 의지 때문이었다.

나의 생활은 그 후 거리낌없이 당당할 수 있었다. 불륜을 일삼는 사람들은 나의 행동에 대하여 구식이라고 돌을 던질지 모르나 버려지는 어린 생명들 중에는 불륜의 씨앗들이 많다고 들었다. 많은 입양아들이 해외로 나간다고, 입양아 수출 일등국이라는 말도 들었다. 가슴 아픈 일이다. 그들 속에 하루빨리 올바른 윤리관이 자리잡아야 하지 않을런지. ☯

고향냉면

이북에서는 냉면을 많이 먹는다. 겨울밤 잠자리에 들었다가도 '냉면' 소리만 나면 눈을 부비고 일어나서 이불을 뒤집어쓰고 얼음처럼 쨍한 냉면을 종종 먹었다. 먹고나면 정수리부터 시려오기 시작했다.

선친은 밤참으로 냉면을 자주 시켜다 주셨으며, 생일날에도 '이 다음에 명(命)이 길라'고 하시며 빠짐없이 사 주셨다. 국수발은 기계로 안 뽑는다. 남정네가 사다리에 거꾸로 매달려 발로 사다리에 힘을 준다. 그러면 분통속에서 메밀발이 빠져나와 물이 펄펄 끓는 가마솥으로 직통 들어가서 국수가 익어 나온다. 가마솥에는 거의 하루종일 불을 땐다. 방바닥이 절절 끓어서 앉으면 볼기짝이 데일 정도다. 냉면에 고기꾸미는 물론이요 꿩꾸미까지 곁들인 고향의 진짜 메밀냉면은 일품(一品)이었다.

냉면을 다 비운 후 놋대접에 뜨거운 육수를 가득 붓고 간장을 몇 방울 떨어뜨린 후, 한 대접 훌훌 들이키고 나면, 제 아무리 추운 날도 끄덕없다.

　냉면을 배달할 때도 가관이다. 긴 국수목판에 냉면 그릇을 줄줄이 세워 놓고 그 위에 2중 3중으로 더 올려놓은 것을 손바닥으로 딱 받혀들고 자전거를 몰고 달려간다. 도착하면 자전거 꽁무니에 차고 간 대형 주전자를 내려놓고 육수물을 따라주고 간다. 왼손으로 자전거타기 놀음을 하다가 뒹군 적이 있는 나는 그것이 신기(神技)하게 느껴졌다.

　강가로 얼음을 타러가다가 도중에서 누구를 기다리고 있을 때였다. 맷돌 돌아가는 소리가 옆집에서 끊이지 않고 들려 오기에 방문이 열렸을 때 기웃했더니 중년의 장님이 메밀을 타개고 있었다.

　가정집 맷돌보다 큰 것을 혼자서 돌리고 있었는데 얼굴에 하얀 메밀가루를 뒤집어쓰고 있었다. 앞을 못보고 하루종일 앉아 맷돌질만 할 것을 생각하니, 흡사 연자방아를 돌리는 망아지처럼 보여서 콧날이 시큰했다. '쌀 한 톨에도 천(千)의 힘이 든다'고 한 일인(日人)들의 격언(格言)처럼, 냉면 역시 그렇게 어렵게 얻어지는 것을 모르고 소중함을 깨닫지 못했던 것이 장님에게 죄스러웠다. 주인이 혹사하는 것 같아서 비정하게 느껴졌다.

　그러나 어쩌다가 명절날 같은 때, 그가 깨끗한 한복으로 갈아입은 것을 봤을 때는 나도 공연히 기분이 상쾌했다.

　냉면집이 없는 촌 동리에서는 막국수를 말아먹었다. 메밀껍질이 많이 섞여서 색이 좀 검기는 했으나 구수한 맛은 더 있었다. 기름이 뚝뚝 떨어질 정도의 진짜 '참기름'을 되배기로 들어부어 버무린 것을 무냉면김치를 곁들여 먹으면 고기가 없어도 별미였다. 어쩌다가 매사냥을 다녀온 날은 꿩꾸미도 얹어 먹는다. 집에 냉면을 시켜 왔을 때 할머니들은 서로 덜어주려고 '형님이 더, 아우가 더'하며 냉면대접이 왔다갔다 했다. 그 분들이야말로 일생동안 사방 10리 바깥도 못나가보고 평화롭게 살아온 인정많고, 남을 생각할 줄 아는 미덕(美德)을 지닌 어지신 분들이었다.

이런 분들을 제주도까지 유인하여 혹독(酷毒)하게 버리고 가는 패륜아(悖倫兒)가 있다니 천인공노할 일이다.

어디를 가나 이북 냉면맛을 따라오지 못하기에 항상 향수를 느껴오던 중, Y옥 냉면을 가장 쳐준다기에 맛을 보러 갔다. 사람들이 와글와글했다. 천신만고(千辛萬苦) 끝에 한 그릇 차례가 왔다. 신기(神奇)하기까지 했다.

냉면사리에 무김치를 올려 놓고 폭 삶은 돼지고기도 여러 점 올려 있었다. 찐계란 위에 실고추를 풀어놓고 잣 몇 알이 둥둥 떠다녔다. 소담스러웠다. 군침을 삼키며 간을 맞추고 겨자까지 푼 다음 게걸이 만난 사람처럼 정신없이 퍼 먹었다. 유명세(有名稅)까지 가세하니 더 잘 넘어갔다. 그런데 후반부터는 먹세가 떨어지기 시작했다. 역시 이북의 냉면맛보다 못했기 때문이다.

최근에 평양에 다녀온 사람들이 옥류관 냉면 맛이 일품이더라고 칭찬을 많이 한다. 그러나 그 맛의 원조(元祖)는 우리 고향냉면이다. 질기지 않으면서도 끊어지지 않는 국수발, 고깃국물이 아닐 때도 훌훌 넘어가는 쩽한 국물맛, 이러한 고향냉면 말이다. ☯

음식맛은 시종일관해야

"그 집 냉면맛이 최고야"

누가 이런 말을 하면 반드시 찾아갔다. 그러나 가서 먹어보면 고향의 냉면맛을 따라오지 못했다.

이런 말을 어디 가서 했더니 "나이 들면 미각이 쇠퇴해져서 그렇다"고 퇴박을 놨다. 그러나 나는 믿지 않았다. 그러던 어느날 강원도 대화 장에 갔다가 크게 놀랜 일이 있다.

고향의 맛을 어지간히 닮은 냉면이 거기에 있었기 때문이다.

원래 이북의 냉면맛이 월등한 까닭은 그곳의 토질과 풍향이 메밀 농사에 적합했기 때문에 질 좋은 메밀이 나와서 그런 것이다. 메밀 독을 중화시켜 준다는 무냉면 김치도 연한 것이 여기보다 맛이 낫다. 대화 장터의 냉면맛은 우리고향의 냉면맛에 버금가는 맛이었다.

한낱 시골장터의 싸구려 냉면이라 고기꾸미도 한 점 없고, 한여름이라 열무김치 국물에 말았는데도 맛이 좋았다. 까닭은 우리 고향의 메밀맛을 얼추 닮았기 때문이다. 이래서 대화에서 〈메밀꽃 필 무렵〉

의 명작이 나온 모양이다.

마침내 '미각이 쇠퇴한다'는 말을 어색하게 만들었다. 내가 이곳 냉면맛을 신통해하고 있을 때 누군가가 재 넘어 40리 밖 진부에 가면 더 좋은 냉면이 있다고 했다.

다음 날 찾아가서 맛을 봤더니 알짜고향의 냉면을 옮겨다 놓은 것 같았다. 강원도에 왔다가 두 번째 놀랬다. 그후 5~6년이 지난 어느 날, 가족들과 강릉에 가는 길에 진부를 지나면서 그 집에 들렀다. 메밀냉면을 시켜놓고 기다리고 있는데 뒤에 오는 사람들은 모두 밀냉면만 시켰다. 차림표의 가격도 별 차이가 없었다. 희한하다 싶어 궁금해하고 있는데, 냉면이 와서 맛을 봤더니 이럴 수가! 메밀맛이 별로 없었다. 그제서야 사람들이 밀냉면만 찾은 까닭을 알고 실망하고 나왔다.

차를 타고 가면서 신갈 인터체인지에 사는 K후배의 말이 생각났다. "마을 앞에 고속도로가 뚫려서 편리하겠다"고 했더니, 그는 힘없는 소리로 "인심만 흉흉해지고 소박한 인정은 사라졌다"고 침울해하던 일이 있다. 진부 냉면집도 고속도로가 뚫리면서 대관령을 넘나드는 많은 사람들이 몰려들자 순박한 마음은 사라지고 싸구려 대용품을 메밀에 섞어서 폭리를 취했던 탓에 냉면맛을 망쳐 놓은 것이다. 먹는 장사는 처음과 나중이 같아야 한다고 들었다.

일본 동경 어느 가끼우동장수는 시종일관한 선조의 기업정신을 이어가는 탓에, 3대째 계승 발전하고 있다는 말을 들었다. 진부의 냉면맛이 나빠진 것은 토질이 변한 때문도, 풍향이 바뀐 탓도 아니다. 운영방식이 시종일관하지 못했기 때문이다.

메밀꽃 필 무렵이면 대화장이 생각난다.

언덕을 넘으면 진부가 보인다. 거기서 맛있는 냉면을 다시 먹게
된다면 통일이 되어 고향냉면을 맛볼 때까지 우리들의 향수를 달랠
수도 있을 것인데…….

맞지 않는 궁합

　어느 날 신문에 궁합에 대한 여론조사가 나왔다. 궁합이 맞지 않을 경우 6%는 말리겠다고 답하고, 23%는 재고토록 권유하겠다고 답했다는 것이다. 궁합은 과연 믿어야 하나?

　길가에 쪼그리고 앉아서 신수를 보는 사람들을 보면, 대개는 머리나 매무새가 다듬어지지 않은 궁상맞은 사람들이 많다. 물론 답답해서 그렇긴 하겠지만 그렇다고 점쟁이가 뭘 안다고 저토록 매달리고 있을까, 하고 의아해 한 적이 많다.

　내가 28청춘 때였다.

　색시 선을 보고 돌아온 지 일 주일이 되던 날, 중매쟁이 아주머니가 집에 오셨다. 그는 색시집에서 궁합이 맞지 않는다고 혼사를 반대한다고 했다. 기독교 신자인 색시 부모들도 찜찜해 할 뿐 아니라 고령인 그의 할머니도 돼지띠 신랑과 범띠 신부는 맞지 않는 궁합이라고 극구 말린다는 것이다. 그러나 아주머니는 본인의 의사를 한번 들어나 보자고 하면서 학교 기숙사로 찾아가겠다고 했다. 본인은 졸업이 얼마 안 남은 여학생으로 집을 떠나 기숙사 생활을 하고 있었다. 그래서 맞선도 그가 다니는 예배당 목사님 사택에서 보고 왔다. 아주머니는 그 여학생 앞으로 편지를 한 장 써달라고 하셨다. 나는 궁합이 안 맞는다고 반대한다는데, 구태여 미련 둘 것이 없지 않느냐고 사양했다. 그러나 놓치기 아까운 자리라고 적극 권했다. 그래서 나는 그에게 '선을 보고 돌아오던 날 친구와 버스정류장까지 나와 배웅해줘서 고맙다는 말과, 만약에 이번 일이 성사되면 두 분의 신세를 옛이야기하며 갚아드리려고 했는데, 궁합문제로 어긋나게 되어 아쉽게 생각한다'고 써서 드렸더니 아주머니는 다음 날 저녁에 답장을 받아 가지고 돌아오셨다. '저희 집에서 궁합 때문에 말씀들을 많이 하시는 모양인데, 제가 보름 있으면 졸업을 하게 되니 그 때까지 기다려 주시면 고맙겠다'는 요지였다.

그로부터 약 한 달 후 처가에서 신부의 요청을 받아들여 혼인에 응하겠다는 연락이 왔다. 이리하여 약혼식을 성대히 치르고, 결혼식도 사모관대에 칠부단장을 하고 많은 하객들의 축복속에서 올렸다. 나는 처가에서 맞지 않는 궁합 때문에 딸을 주고도 찜찜해 할까봐서 신경을 무척 썼다. 직장에서 퇴근하면 바로 귀가하여, 아내 곁에서 약전(약학대학) 재도전 준비에 몰두하는 등 제3자가 부러워할 정도의 신혼생활을 꾸려갔다. 그런데 뜻하지 않은 징용장이 나와 피신하게 되었으며 신혼생활은 4개월도 못 가서 금이 가고 말았다. 무엇보다도 처가에서 맞지 않는 궁합 때문이라고 격노할 것을 생각하니 일제의 만행이 더 저주스러웠다. 그래서 징용에도 안 갔다.

징용을 피해 다니기를 만 일 년이 되던 날 8·15 해방이 찾아왔다. 이 때 어느 친구가 나더러 '해방이 되어 제일 기쁠 사람은 자넬

세' 하고 말한 적이 있다. 그러나 그 말은 나의 징용기피 행각에 종지부를 찍은 것에만 해당됐을 뿐, 아내와의 별거생활은 또 다시 시작하게 됐다. 해방이 되던 그 해 10월초 Y대에서 신입생 모집이 있다고 해서 월남을 해야 했다. 이리하여 아내와의 재 상봉은 한 달 반만에 막을 내리게 됐다. 내가 다시 떨어지는 것이 아쉬워 주저하고 있을 때, 아내는 어서 올라가서 시험에 합격하라고 하면서, 사람은 아무 때나 배우는 것이 아니라고 내 등을 떠밀어 줬다. 그 때 나는 미련없이 보내주는 아내를 바라보며, '저처럼 아량이 넓은 아내를 가진 나는 행복하다. 장차 그의 내조의 힘으로 기필코 성공하여 해로하면서 궁합이 한낱 미신임을 보여줄 것이다.' 하고 다짐 한 후 월남하여 좁은 관문을 통과하고 자신감과 포부를 가지고 학업에 전념했다.

그러나 38선은 점점 굳어만 가고 공부하기가 어려워져서, 아내를 서울로 불러오지 못했다. 그러기를 몇 년이 지난 후 6·25전쟁이 일어났다. 그 때까지 고향에 남아있던 아내는 전화를 입은 시부모님 뒷처리를 혼자서 했다. 9·28 수복 후 고향을 찾았을 때 아내의 남루한 모습을 보고 큰 죄책감을 느꼈다. 초췌해진 아내는 발에 맞지도 않는 검정색 남자 고무신을 끌고 있었다. 처가에서는 혼자서 고생하는 아내를 보다못해 나이 한 살이라도 더 먹기 전에 개가하라고 했다는 것이다. 맞지 않는 궁합을 오죽 저주했으면 그랬을까. 1·4 후퇴 때도 아내와 같이 못왔다. 피난 나올 때였다. 'UN군이 원산과 진남포로 상륙했으니 집으로 돌아가라' 는 헛소문에 속아 마을사람들은 집으로 향하게 됐다. 나는 우리 치안 대원들과 지서에 맡겼던 무기를 찾아가지고 가려고, 지서장을 밤이 되도록 기다리고 있었다. 그러던 중 40리 밖 읍내에 중공군이 들어왔다는 정보를 듣고 우리들은 남쪽으로 줄행랑을 쳤다. 그 후 아내를 다시는 못 만났다.

8·15 해방이 되자 내가 징용기피 생활을 끝내고 친정에 가 있던 아내를 데리고 집으로 돌아올 때였다. 막차에서 내려 밤길을 걸어올 때 아내는 교교한 달빛을 보며, 내가 보고싶을 때마다 저 달에 비친 내 얼굴을 바라봤다고 했다. 나는 지금도 휘엉청 밝은 달밤은 그냥 지나치지 못한다. 달을 쳐다보며 그 속에서 아내의 얼굴을 찾아본다. 지금 80이 가까운 아내는 주름진 얼굴로 바뀌었을 것이나 나는 그 얼굴을 모른다. 다만 마지막 보고 온 스무살 적 얼굴만이 어른거린다. 나는 아내의 가슴에 사랑도 낭만도 심어주지 못했다. 그는 그렇게 한 평생을 가엾게 살아왔다. 나는 아내를 슬프게 한 죄인이다. 이처럼 오랜 세월 우리들을 떼어놓고 괴롭힌 요물은 맞지 않는 궁합이었을까? 아니다. 그것은 오로지 나 때문이다. 중매쟁이 아주머니 편에 서신을 안 보냈던들…… 징용기피도 아내와 같이 했더라면 하고 별의별 생각을 다 해본다.

8·15 해방 후에도 38선을 같이 넘어 와서 노점상이라도 해야 하는 것을. 1·4후퇴 때도 헛선전에 귀기울이지 않고, 수걱수걱 같이 내려왔더라면, 달속에서 님을 찾는 일은 하지 않아도 됐을 것이다.

모름지기 서로 만족하면서도 궁합이 안 맞는다는 장벽 때문에, 사랑을 이루지 못한다면 안타깝고 그보다 더 억울한 일이 또 있겠는가.

맞지 않는 궁합의 처방은 바로 나 자신에게 있지 않을까 싶다. ☯

촌부의 피맺힌 유산

'아드케' 어머니는 우리 앞집에서 식모살이를 하고 있었다.

그리고 그의 부친은 머슴을 살았다.

아홉 살의 아드케는 동구 밖 작은 셋방에서 어린 두 여동생을 돌보고 있었다.

이런 사실을 알게 된 송부자는 전에 고생하던 때를 생각해서 아드케네 식구를 자기 집 별채에 살게 했다.

아드케 어머니는 30을 갓 넘긴 젊은 나이여서 힘이 넘치는 당찬 여인이었다. 아무리 힘든 노동이라도 몸을 아끼지 않을 각오가 되어 있었다.

아드케 어머니는 남편과 이른 새벽부터 늦은 저녁까지 솜방망이가 되도록 뼈 빠지게 허덕였다. 그러나 찢어지게 가난하기는 마찬가지였다.

오랜 세월 이 광경을 지켜본 송부자 영감은 '어린 것들과 살아보겠다고 발버둥치는 착한 저들을 도울 길은 없을까?' 관심을 기울여

오던 중 축동 밖 개울가에 1000평 시리 될 뽕나무 밭을 내주기로 작정했다. '저들이 간작을 해서 붙여 먹든지 팔아서 다른 업을 택하든지 아무튼 도움이 됐으면' 하고 송부자는 할머니와 의논했다. 마침내 할머니의 동의를 얻어낸 송부자는 아드케 어머니를 사랑방으로 불러들인 후 "애써 살아보려고 지극정성인 당신들의 노력이 갸륵해서 땅문서를 줄 것이니 아드케 아버지를 보내라"고 했다. 호박이 넝굴째 떨어진다더니 이게 꿈인가 생시인가? 어리벙벙했다. 다음 순간 제 정신을 차리고 "송부자 어르신, 이 은혜는 백골난망입니다" 수없이 큰절을 한 후 단숨에 달려가 아드케 아버지를 들여보냈다. 아드케 아버지도 송부자 내외에게 절을 열두 번도 더하고 땅문서를 받아왔다.

아드케 어머니는 고생이 크더라도 뽕나무를 모두 뽑아버리기로 결심을 했다. 아이들에게 다목적 밭을 물려주고자 해서였다. 아드케 아버지는 송부자네 바깥 일을 그대로 보고 아드케 어머니 혼자서 뽑기로 했다.

애당초 어려울 것이라고 각오는 했었으나 이토록 뼈 빠지게 힘들 줄은 또 몰랐다. 우선 뿌리가 다른 나무들에 비해 굵게 엉켜 있어서 삽질을 더 해야 했다. 아드케 어머니는 뽕나무를 캐고 나면 참외를 심으려고 했다. 팔아서 돈도 만져보고 아이들에게 실컷 먹여 보는게 소원이었다. 제발 참외 농사가 잘 되어 올 겨울에는 아이들의 누더기 신세를 면하게 됐으면 하는 희망에 부풀어 있었다. 마침내 얼추 1000평이나 되는 뽕나무 뿌리를 오랜 시일 끝에 단신 뽑아버렸다. 도대체 그 엄청난 힘이 어디서 생겼을까? 그것은 '굴러 들어온 호박'에서 얻은 엄청난 감격과, 모처럼의 이 기회에 원수같은 가난을 기필코 벗어나야겠다는 강한 욕망이 뭉쳐져 '창해의 역사'와도 같은 괴력이 솟았던 것이다. 이제는 소원이던 참외도 심을 수 있게 됐다.

그런데 아드케 어머니가 시름시름 앓기 시작했다. 약도 썼으나 듣지 않았다. 애써 가꾼 밭에 참외씨 한 알 못 뿌려보고 가엾게도 숨을 거두었다. 세상사람들은 아드케 어머니가 '복에 치어 죽었다'고 하지만 천만의 말씀이시다. 아드케 어머니는 위대한 유산을 만들고자 무리했던 탓에 첩첩히 쌓인 과로와 영양실조로 이 세상을 떠나게 된 것이다.

영감님 등에 업힌 촌부의 시신이 고해를 하직하고 북망산천을 향할 때 아드케 울음소리가 가슴을 아프게 했다. ☯

추석의 파수꾼

어느 여론조사에서 추석을 싫어하는 사람이 많다는 말을 들었다. 만일 그것이 경제적인 문제였다면, 각자 형편에 따라 정성 들여 차리면 될 것인데 하는 생각이 들었다. 추석날에는 조상님 은덕을 기리며 '내리사랑'을 하신 부모님의 은공을 정중히 회상하고, 진심으로 감사하며 앞으로 '잘 지켜 주십사'하고 차례를 올리는 날이다. 특별한 예를 제외하고는 이 세상에서 부모님 내리사랑을 안 받은 사람은 없을 것이다. 방금 TV에 나왔던 모 재벌 C씨도 어버이 내리사랑을 많이 받은 사람이다. 그의 선친은 내가 잘 아는 고향사람이다. C씨의 초호화주택이 경매에 넘어갔다는 TV뉴스를 오늘 봤을 때, 서운한 생각이 들면서 그의 선친이 일정 때 일본 사람으로부터 구타당하던 모습이 떠올랐다. 내가 어릴 때 집으로 돌아오는데 일본 사람이 자기 상점 앞에서 재벌2세 선친을 무수히 구타하는 것을 목격했다. 유혈이 낭자하도록 폭행을 당하면서도 저항을 못했다. 그것은 서슬이 시퍼런 일본사람이었기 때문이었다. 당시 재벌2세 선친은 자기 체구처럼 왜소한 노새 잔등에 담배상자를 가득 싣고, 마을마다 돌며 담배를 배달했다. 그 일본사람도 담배장수를 했기 때문에 담배로 인해 봉변을 당한 것 같다. 그런 일이 있은 후 그는 오랜 세월 눈비를 같이 맞으며 함께 고생해온 정든 노새를 어디엔가에 처분하고, 우리 동네로 이사 와서 구멍가게를 했다. 그러나 그것도 시원치 않아 다른 곳으로 떠나버렸다.

해방 직후 그가 광화문에서 큰 여관을 경영하는 것을 보고 그의 강한 집념에 경의를 표했다. 그 후 더 크게 성공하여 마침내 한강가에 초고층 빌딩을 자기나이만큼 올리고, '63 빌딩'이라 명명했다고 들었다. 그 후 세월은 흘러서 2세에게 물려주고 타계했다는 말도 들었다. 이리하여 C씨는 어버이의 내리사랑으로 대재벌 후계자 자리에 올랐다. 그런 그가 누가 추석을 없애자고 한다고 동조할 것인가?

나도 또한 어버이 내리사랑을 한량없이 받은 사람이다. 내가 일정 말기에 징용을 피해 선친과 의정부까지 왔을 때다. 당시는 징용을 피해다니다 붙잡히면 2년 이하 징역이요, 도피를 방조했거나 사주한 사람도 같은 형벌을 받았다. 선친은 아들 일이 걱정되어 그런 위험도 무릅쓰시고 먼 길을 동행하신 것이다. 남의 눈을 피해가며 의정부 교외의 비밀철도 공사장(현 교외선)으로 막일을 하려고 찾아가고 있었다. 늦은 밤에 간신히 찾아간 여관에서는 이부자리가 모자란다고 내주지 않았다. 일정말기는 최악의 전시체제여서 모든 것이 부족했다. 얼음장같이 차가운 방바닥에 선친이 얇은 홑두루마기만 덮고 누우시기에 오버코트를 벗어서 덮어드렸더니 한사코 거절하셨다. 발치에라도 같이 덮자고 했더니 그것마저 거절하시며, 나만 덮게 하셨다. 그 때 오버코트를 덮고 잤던 젊은 나도 추위에 떨었는데 홑두루마기만 덮으셨던 노년의 선친이야 오죽하셨을까? 지금도 생각하면 가슴이 뭉클하다. 부모님 내리사랑이 있는 곳에는 어디에나 뜨거운 사연들이 따랐다. 상전벽해가 된다해도 그런 사랑을 어찌 잊을 수 있으리오. 전철 차칸에서 노약자들에게 자리를 양보 안하는 젊은 사람들을 가끔 보게 된다. 이들은 윗사람을 공경 안하는 사람들일 것이다. 만일 이들에게 누가 추석을 없애자고 한다면 동조할지도 모른다. 이처럼 추석을 귀찮아 하는 인구가 늘어나기 시작하면 그 명절은 사라질지도 모른다. 정치인들은 당리당략으로 다투지만 말고 그런 일의 원인을 살펴 그 제도개선에 초점을 맞춰야하지 않을런지. 그리하여 추석(秋夕)을 없애려는 불순한 동조자들을 한사코 막고, 조상 전래의 미풍양속을 지켜나가도록 해야 할 것이다. '더도 말고 덜도 말고 한가위만 같아라'고 한 우리 최고 명절인 추석은 영원해야 할 것이다. ☯

술 안주를 넉넉하게

  술을 마실 때 내가 사는 술은 술맛이 나도 남이 사는 술은 맛이 안 난다. 그것은 내가 살 때는 안주를 마음대로 먹을 수 있지만 남이 살 때는 그러지 못하기 때문이다. 내가 안주를 넉넉히 먹기 시작한 것은 내 후배 때문이다. 어느 날 그와 술자리를 같이 했을 때 내가 술안주를 덜 드는 것을 보고 술먹기 전에 안주부터 먹으라고 했다. 뱃속을 기름진 안주로 휘이 두른 다음에 술을 마셔야 탈이 없다고 했다. 그렇지 않으면 속을 버린다는 것이다. 나는 그 후부터 내가 술을 살 때는 그의 말을 철칙으로 알고 반드시 지켰다. 술잔도 두 번에 비우라고 한 것을, 한 술 더 떠서 세 번에 비웠다. 그랬더니 어떤 친구는 흉을 봤다. 술을 약 먹듯이 한다는 것이다.

  어떤 사람은 안주에 욕심을 부리는 사람도 있다. 설사 그것이 몸보신 감이라고 하더라도 차원이 지나치면 좀 추해보인다. 마방집 둘째 아들인 내 동갑내는 술안주를 주책없이 먹었다. 그래서 안주고로시(죽인다는 일본어)라는 별명까지 붙었는데, 그가 되게 혼난 적이 있다. 닭갈비 한 토막을 몰래 집어다 먹다가 뼈다구가 목에 가루걸렸다. 캑캑하며 호흡까지 곤란해지자 병원에 가서야 겨우 빼냈다. 안주 고로시는 또 있었다. 체육선생과 누구를 접대할 때였다. 몸집이 우람한 거인이었는데, 전에 레슬링 챔피언이었다고 했다. 불고기를 안주해서 술대접을 하는데 말 한마디하고는 널름 집어먹고, 익기도 전에 널름, 연신연신 집어가는 통에 다른 사람들은 먹을 새가 없었다. 양푼 한 대접을 게눈 감추듯 했다. 거구인지라 대식가이기도 하겠지만 게걸이 들린 모양새는 좋게 안 보였다.

한편, 안주를 안 먹는 깡술파도 있었다. 내 동창인 S씨만 하더라도 그와 대작하기가 겁이 났다. 그는 찾아갈 때마다 술상을 차려내왔는데, 안주라고는 김치 한 가지뿐이었다. 또한 A씨의 처남은 아예 안주를 안 먹었다. 술이 취하지 않는다고 깡술만 마시다가 마침내 타계했다고 했다. 아명(兒名)이 쌍가마라고 하는 구두방 직공은 날 무만 벗겨서 안주를 했다. 구수한 찌개는 구역질이 난다고 아예 냄새도 맡지못했다. 벌써 병이 깊어진 때문이다. 간박사로 명성이 높은 김정룡박사는 하루에 소주 두 병씩 2년간 폭주하면, 간암에 안 걸릴 사람이 없다고 했다. 술을 적당히 무리하지 않고, 안주도 든든하게 드는 습관을 가진다면 그런 불행은 비껴갈 수 있을 것이다. 어쩌다가 서울역에 나가보면 대낮에도 깡술을 기울이는 노숙자들을 보게 된다. 게슴츠레한 힘없는 눈에 얼굴은 부석부석 부어올라 있고, 안색도 검게 타들어가 있었다. 넉넉한 안주를 곁들이고 싶어도 그들은 이제 그럴 힘도 없다. 깡술을 마시다가 먼저 떠난 저들처럼 혹시나 하는 생각에 가슴이 아프다.

숙부가 근무하던 흑룡탄광은 바로 평남의 경원선변에 있었다. 그

곳에 머무르며 직장을 구하려고 시간을 보낼 때였다. 저녁이면 가끔 향우를 찾아갔는데, 그는 갈 때마다 술상을 차려내왔다. 그때 먹어본 안주 맛은 잊을 수 없다. 명태의 원산지는 청진 신포이다. 거기는 엎드리면 코 닿을 곳이어서 동태가 물이 좋았다. 싱싱한 동태를 토막내서 두부를 썰어넣고 대파도 잘라 넣고, 고춧가루를 한 오금 듬뿍 뿌린 다음 부글부글 끓인 얼큰한 찌개맛은 산해진미를 저리가라했다. 35도 소주 한잔이 짜르르 넘어갈 때 한입 떠먹던 그때의 낭만은 지금도 잊지 못한다. 술을 적당히 마시면 약이라고 하지않던가. 거기에는 넉넉한 안주가 따라다녔다. 우리 인생도 그렇게 넉넉한 마음으로 한 세상을 지날 수 있다면…… ☯

백마농장의 억울한 누렁이

　백마(白馬)농장 K사장이 보신탕을 못먹는다고 하기에 불교를 믿느냐고 물었다. 그러자 어릴 때 닭장에서 있었던 쓰라린 추억 때문이라고 했다. 저토록 말술을 먹는 주호(酒豪)가 술꾼들이 즐겨 찾는 개고기를 못먹는 데에는, 필시 까닭이 있을 것이라는 호기심에서 그 연유를 물었다. 그랬더니 다음과 같은 애련한 과거사를 말해줬다.

　그는 어릴 때 닭싸움 붙이기를 즐겨했다.

　닭이 마주서서 빙빙 얼르며 돌아가다가 결정적인 순간에 화다닥 달려들어, 면도를 물어 뜯고 피가 흐르고 숨막히는 장면이 지속되다가 한 놈이 쓰러지면 싸움은 끝이 난다. 어떤 놈은 도망을 치며 항복을 하는 때도 있다.

　이런 취미 때문에 일본 나고야(名吉屋)에서 들여온 겡가도리(싸움닭)를 품에 안고 동네를 돌아다니며 닭싸움을 시켰다.

　어느 날 닭을 가지러 닭장에 들어갔더니 네 마리 중 한 마리가 안보였다. 자세히 둘러봤더니 그 중 한 놈이 닭장 한구석에 날개죽

"

지만 남겨놓고 온데간데 없었다.

K후배는 따라들어온 누렁이가 잡아먹은 줄 알고 '옳거니 네놈이 닭장을 자주 드나들더니 필시 네놈의 짓이로구나' 하고 화가 머리끝까지 치밀어 올라왔다. K후배는 손에 잡히는 게다짝(일본 나막신)으로 사정없이 두들겨 팼다.

누렁이는 집중타를 맞으며 비명을 질렀다. 마침내 주둥이가 터지고 피가 흘렀다. 그 후 누렁이는 터진 주둥아리 때문에 밥도 못먹고 매맞은 다리를 절룩거리며 다녔다. 그러나 후배 분통은 그 때까지도 가라앉지 않고 있었다. '이 놈의 개새끼 한 번만 더 그랬다 봐라. 남은 다리마저 요절을 낼 것이다' 하고 누렁이를 노려봤다.

몇일이 지난 후 닭장 청소를 하러 들어갔다가 후배는 뜻밖의 장면을 목격했다. 닭 한 마리가 쥐구멍에 모가지를 틀어박고 양 날개를 퍼드덕거리고 있었다. '나고야산 수탉에 또 무슨 변이 생겼는가' 하고 급히 달려가서 양쪽 날개를 움켜쥐고 잡아 당겼다.

이럴 수가 족제비란 놈이 닭의 모가지를 악 문 채 딸려나오고 있었다.

놓칠세라 땅바닥에 패대기를 쳤다. 순간 족제비는 땅에 닿기도 전에 날쌔게 달아나버리고 수탉만 떨어져 죽었다. 백일하에 닭도둑이 밝혀지게 되자 누렁이 앞에 무릎이라도 꿇고 싶은 심정이었다. 주둥이의 상처가 아직도 아물지 않은 것을 보고 가슴이 저미는듯 아팠다. 말못하는 짐승에게 못할 짓을 한 자신이 한없이 한심스러웠다.

후배는 누렁이의 상처를 열심히 닦아줬다.

그러나 주둥아리 상처가 워낙 심해서 좀처럼 잘 아물지 않았다. 두꺼운 게다짝이 쪼개지도록 우악스럽게 매질한 어리석은 짓이 부끄럽기 한이 없었다.

그로부터 얼마 후의 일이었다. 그 날도 누렁이의 상처를 치료하려고 학교에서 빨리 집으로 돌아와서 개집으로 갔는데 누렁이가 안 보였다.

뒤판으로 찾으러 가다 말고 깜짝 놀랬다. 축 늘어진 누렁이 사지를 형들이 마주잡고 가마솥으로 가고 있었기 때문이다. 이윽고 마침내 펄펄 끓는 물 속으로 누렁이는 던져졌다. 누렁이는 가엾게도 터진 입가 상처가 아물기도 전에 무정한 형들의 보신탕감이 되고 말았다.

그 후부터 K후배는 즐겨먹던 개고기를 못 먹는다고 했다.

K후배는 닭장 속을 들여다 볼 때마다 애처롭게 가버린 누렁이가 생각나서 신주처럼 위하던 나고야산 닭들을 주저없이 처분했다고 했다. 사실 잔반한 대접에 목을 매고 밤새워 가족들을 지켜주는 견공을 홀대해서는 안 되겠다는 생각이 들었다.

세상에는 모순된 일에도 상대를 얕잡아보고 힘으로 밀어부치는 사람들을 흔히 볼 수 있다. 심지어 국사를 논하는 마당에서조차 정치 한다는 사람들이 이런 식으로 밀어붙여 정치사를 얼룩지게하는 일도 있다. 국리민복(國利民福)을 위해서라도 이런 일은 하루빨리 사라져야 하지 않을까 싶다. ☯

잊을 것은 잊고 살아야

차 선배는 동네 모범청년이었다.

나는 그의 유순한 성품이 좋아서 친형처럼 따랐다. 그의 선친은 불의와는 타협을 못하는 불같은 성격이었다. 그리고 반일(反日) 사상이 투철했다. 의협심이 강한 그는 가난하고 힘없는 사람들을 많이 도왔다.

5일장이 서던 어느 날이었다. 그가 장마당을 구경하며 지나오다가 일본 순사가 노점에서 장사하는 할머니의 사과 광주리를 구둣발로 차는 것을 보고, 적개심이 치솟아 그 자리에서 순사를 때려눕히고 말았다. 이리하여 불령선인(不逞鮮人)으로 몰려 일 년 동안 옥고를 치뤘다.

그 후 요시찰인이 된 그에게 어느 날 예비검거령이 떨어졌다. 순사들은 저마다 접근을 꺼려했다. 이 때 신출내기 일본순사가 멋 모르고 나갔다가 크게 다쳤다. 이로 인해 선친은 또 다시 형을 살게 됐다.

그래서 항상 불안속에 살아온 모친은 차 선배가 선친처럼 과격해질 것이 염려되어 착하게 자라도록 늘 타일렀다.

모친의 간곡한 가르침을 받고 차 선배는 어질게 살면서 남을 위해 많은 일을 하게 됐다. 부지깽이도 뛴다는 농번기에는 가난한 농민들을 도와도주고 마을앞에 홍수가 졌을 때는 목숨을 걸고 뛰어들어 구출하기도 했다.

씨름판에서 '소'를 타면 양로원에 기부했고, 가난한 소년들을 예배당에 모아 놓고 야학도 가르치는 등 헌신적으로 봉사했다. 이리하여 주위에서 그를 군자(君子)라고까지 했다.

'장홀레 노인'의 환갑날 많은 고향사람들이 그의 푸줏간으로 모여들었다. 피난살이 10년만의 일이다. 술잔이 오고 가고 흥이 무르익었을 때 차 선배 옆으로 강 노인이 다가 앉았다. 그리고 느닷없이 그의 뺨을 쳤다. 얼떨결에 맞은 차 선배는 깜짝 놀랐다. 그러나 '술김이려니'하고 맞은편으로 옮겨 앉았다. 그런데 또 따라와서 뺨세례를 했다. 고향사람들 앞에서 수모를 당했다. 강 노인은 차 선배 선친에게 감정이 있어왔다. 그것은 해방 다음해의 논물사건 때문이었다. 강 노인이 여러 날 물꼬를 막아 놓자 아랫논 임자와 시비가 붙었다.

참다못한 아랫논 임자가 휘두른 삽에 강 노인의 팔뚝이 골절이 됐다. 이리하여 강 노인은 고소를 하게 되고 그는 구속이 됐다.

가해자 측에서 화해를 간청했으나 일절 불응했다.

재판날이 다가오자 가해자의 부인은 차 선배의 선친을 찾아가서 구원을 호소했다.

이리하여 선친이 친분이 두터운 담당판사에게 간청하여 집행유예로 풀려나게 했다.

복수의 기회를 노리고 있던 강 노인에게는 청천벽력과 같은 이변이었다. 판정을 뒤집은 장본인이 차 선배의 선친임을 알았지만 상대가 안되어 원망만 했다. 강 노인은 깊은 상처를 어루만질 때마다 치미는 분노를 삭히지 못하고 있다가, 오늘 원수를 외나무다리에서 만나 묵은 한을 씻은 격이 됐다. 차 선배는 오늘 강 노인의 뺨세례가 선친에 대한 분풀이임을 알아차리고 부어오른 두 뺨을 어루만지며, 고향사람들의 만류도 뿌리치고 무르익은 연회장을 떠나고 말았다.

이런 뜻을 알게된 고향사람들은 '치사스럽게 아직도 옛일을 마음에 새겨뒀다가 아들대에까지 끌고 와서 분풀이를 하다니' 하고 옹졸한 사람이라고 비웃었다.

'차 선배가 연회장의 흥을 깨지 않으려고 모욕을 참고 조용히 떠났다'고 과연 군자라고들 했다.

강 노인은 과거사를 털어버리지 못하고 피난살이를 해 오다가 오늘 차 선배에게 손찌검을 한 것이다. 한 맺힌 일은 잊기가 힘들다. 그러나 우리는 잊을 것은 잊고 살아야하지 않을까. ☯

탈북자는 우리 형제

어제도 많은 탈북자들이 비행기로 고국을 찾아오고 있었다.

나는 그것을 보는 순간 강 목수의 말이 생각났다.

함경도가 고향인 강 목수는 피난 나오기 전에, 자기 동네에서 있었던 일을 다음과 같이 말해줬다.

휴전 무렵에는 이북에 들어가서 가족들을 데리고 나오는 사람들이 더러 있었다. 그야말로 하늘의 별따기였다.

1·4후퇴 때 월남한 강 씨의 고향사람도, 그 무렵 자기 모친을 모시고 나오려고 월북하여 고향으로 갔다. 야음을 타고 비밀리에 자기 집에 들어가서 모친과 해후하고 있는데 문앞에서 차소리가 났다.

당황한 모친은 아들을 벽장 속에 숨겼다. 이윽고 딸이 동거중인 군인을 데리고 들어왔다. 딸은 여군 장교복을 입고 있었으며, 군인은 왕별짜리 장교였다.

딸이 문앞에 있는 남자 신발을 보자 웬 거냐고 물었다.

그러자 모친이 당황하는 것을 보고 눈치를 챈 딸이 "누구냐 나오라”고 고함을 질렀다.

이때 아들이 마지못해 벽장문을 열자 왕별짜리 장교가 권총을 들이댔다.

곁에 있던 여군이 떠나갈 듯 큰소리로, “저 반동놈의 새끼, 내가 쏜다”고 하며 장교의 권총을 빼앗아 오빠를 겨눴는데, 다음 순간 번개같이 장교를 향해 방아쇠를 당겼다. 쓰러진 장교군복을 가족들이 벗긴 후 오빠에게 입혔다.

시체를 벽장 안에 버리고 짚차를 타고 국경까지 온 후, 차를 버리고 두만강을 건너 중국을 거쳐 월남했다고 했다.

이들은 죽음을 아슬아슬하게 벗어났다.

이같은 모험은 비록 여군네뿐이 아니라 상황의 차이만 있을 뿐, 탈북자라면 누구나가 다 목숨을 걸고 겪는 일이다.

어제 입국한 탈북자들도 구사일생(九死一生)으로 이북을 탈출하여, 그립던 대한민국 품안에 안기고 있었다.

그들의 얼굴은 환하고 장해보였다. 그런데 오늘 TV에서 희안한 것을 봤다. 어느 탈북자가 정부에서 받은 정착금 전액을 사기당했다는 눈물의 호소였다. 그리고 4000만원 빚까지 떠안게 됐다고 했다. 그러면서 대한민국에는 사기꾼만 있다는 것이다.

그가 울분을 토로할 때 나는 억장이 무너져내리는 것 같았다. 세상에 이럴 수가. 그들은 탈북 전야까지도 공포분위기 때문에 고난을 같이 겪어온 친한 친구에게도 떠난다는 말 한마디 못하고 빠져나온 기막힌 신세들이다. 그들을 이런 식으로 대해서야 되겠는가 싶었다. 제3국까지 밀려났다가 간신히 고국땅을 밟았을 때 그들의 환희는 충천했을 것이다.

“이제 한번 살아보리라” 하는 희망도 컸을 것이며, 계획도 무궁했을 것이다. 그런 동포를 따스하게 대해주지 못하고 실망을 시켜서야 되겠는가 싶었다.

6·25전쟁이라는 민족 대수난을 죽음으로 이겨내고 세운 대한민국의 위상이 그런 일로 허물어진대서야 되겠느냐는 생각이 들었다.

내 담임선생님이 일본에 갔을 때 그곳의 친구와 새벽 산책을 하며 겪었던 일화가 생각난다.

그 친구가 마주 오는 일본사람과 서로 인사하는 것을 보고 아는 사람이냐고 물었더니 “사람끼리 만났는데 반가운 일이 아니냐”고 오히려 의아해 하더라는 것이다.

탈북자들은 그런 일본사람도 아닌 우리 동포요 형제가 아니겠는가? 그런 사람들은 궁지에 몰아넣는다는 것은 상상도 못할 노릇이 아닐까.

도탄에 빠진 이북 동포들은 남한에 가야만 살 수 있다고 필사적으로 몸부림치고 있다. 그들이 천국처럼 믿어온 조국이 사기꾼들의 소굴이라고 잘못 전해진다면 그들의 희망은 천야만야한 낭떠러지로 구를 것이 아니겠는가.

귀순자들이 처음에는 대한민국에 적응이 안 되어 시름에 잠긴다는 말을 많이 들었다. 소련 유학중에 귀순했다는 어느 대학생은 고향을 그리던 나머지 독한 술만 마시다가 병들어 타개했다는 말도 들었다. 우리들이 무관심할수록 저들은 고향산천을 얼마나 그릴 것인가.

부드러운 눈으로 보살펴주고 따스한 손으로 어루만져 줄 때 애틋한 정이 오고 가지 않을런지.

　동창회에 가면 "통일이 되어 모교 운동장에 가서, 서로 얼싸안고 춤을 추며 통일의 기쁨을 노래하자"고 흔히들 다짐한다. 탈북한 저들도 그런 희망 속에 살 수 있도록 관심을 갖고 피해를 입지 않도록 보살펴 줘야하지 않을까 싶다.

　따스한 가슴을 열고 얼싸안아 준다면 그들도 고향이 따로 없다고 실감하며, 구사일생(九死一生)으로 조국을 찾은 보람이 바로 여기에 있다고 쾌재를 부르게 될 것이다. ☯

도라산都羅山 관광

　경의선 개찰구를 나선 것은 낮 열한 시 경이었다. 고향 사람들과 도라산에 관광을 가기 위해서였다.

　계단을 내려와 북행열차를 갈아 탈 때, 문득 어린 시절이 생각났다.

　중학교 시험에 낙방하고 패자의 신세로, 고향으로 가는 밤차에 올랐을 때는 울고 싶도록 서글펐었다. 그러나 지금 생각하니 실향민의 이산의 아픔과는 비할 바가 못됐다.

　열한 시 십 분에 열차는 출발했다.

　시방 가고 있는 방향이 북쪽이기는 하나, 고향까지 못가고 도라산 역에 가서 내려야 한다고 생각하니 기분이 울적해졌다. 그래도 고향 가는 기분을 소중히 간직하고 차창 밖을 내다봤다. 그 때의 파노라마는 다 어디로 갔는지 반 세기가 지난 지금의 풍물들은 이국처럼 낯설기만 했다.

　임진강 역에 도착한 것은 낮 한 시경이었다.

얼마 전까지도 여기가 경의선 종착역이었다.

'철마는 달리고 싶다'던 기관차가 어째 오늘은 보이지 않았다.

개찰구를 향해가는데 '평양, 209km. 서울, 52km'라고 쓰인 이정표가 눈에 띄었다. 고향가는 길이 훤히 보이는 듯했다. 임진강을 건너가는 허가를 받기 위해, 정거장 앞에 승객들이 장사진을 이루고 있었다. 우리 강을 우리들이 건너가는데 허가를 받아야 하다니, 과연 적진 가까이 왔나 보다 하고 긴장감이 돌았다. 벌써 십여 년 전이다. 아이들을 데리고 임진각에 와서 차례를 지낸 적이 있다. 미군 한 명이 임진강 철교를 유유히 건너, 산구비를 돌아 북쪽으로 사라지는 것을 보고 깜짝 놀랜 적이 있다. 철교를 건너가면 인민군들이 바로 방아쇠를 당기는 줄 알고 불안해했기 때문이다. 아직도 그 공포가 가시기도 전에 오늘 열차를 타고 여기를 건너가게 되다니, 과연 인간만사는 무상하다생각이 들었다.

도라산 역에 도착하니 이정표가 다시 보였다. '평양, 205km. 서울 56km'.

임진강 역에서 북으로 4km나 더 왔다. 그러나 고향길이 줄어드는 이정표는 여기가 마지막이다. 더 가볼 수 없다.

하릴없이 차에서 내려 제3 땅굴에 갔을 때였다.

아직도 발견하지 못한 땅굴이 얼마나 더 있는지 모른다고 해서 불안한 생각이 들었다. 휴전선이 이 지경인데도 국민을 대표한다는 선량중에는 당리당략에만 욕심을 내고 다투기만 하는 사람이 있다니 한심한 생각이 들었다.

통일홈으로 향할 때 안내원이 통일로를 가리키며 정주영씨가 소떼를 몰고 북으로 올라간 길이 바로 저 길이라고 손가락질을 했다.

소도 가는 길을 사람이 못 가다니 소만도 못한 것이 실향민이라는 말인가?하고 가슴이 뭉클했다.

이제는 북으로 더 갈 수 없다. 불가불 왔던 길로 되돌아가야겠기에 도라산 역으로 다시 나왔다. 개찰구를 나서니, 「평양, 개성방면 타는 곳」이라고 쓴 화살표가 나왔다. 따라갔더니 평양가는 '홈'에는 아무도 나와 있지 않았다. 고향가는 열차도 오지 않았다. 그러나 기다리고 싶었다. 꿈에도 잊지 못하던 고향하늘이 첩첩 산 넘어에 가물거리는 듯했다.

서울가는 홈에서 일행들이 소리쳤으나 나는 움직이지 못했다. 어머니의 모습이 떠올랐기 때문이다. 북받히는 설움을 가눌 길이 없어 목메어 어머니를 불러봤다. 그러나 대답이 없었다. 메아리도 없는 통곡소리는 철길을 따라 북녘으로 사라졌다.

호기심에 찾았던 도라산 관광은 나에게 분단의 아픔만 떠 안겨줬다. ☯

제 Ⅵ 부

· 중앙선 임시계단

· 제 탓이오

· 뱀탕집 주인의 휴머니즘

· 일하세, 젊어 일하세

· 시영 급식소

· 마음의 안정

· 어느 교장의 죽음

· 초지일관

· 시신기증

· 눈물 젖은 두만강

· 천원짜리 점심

· 극장 구경 다했네

· 79세 학생증

· 한 우물을 파는 사람

· 끊어진 인간띠

· 노을빛에 기대서서

중앙선 임시계단

기차를 타고 강릉에 갈 때였다. 친구가 아들 결혼식에 와달라고 연락했기에 아끼던 봄 양복으로 단장하고 기분도 상쾌히 10여 년만에 청량리 역에 나갔다. 그 동안 지방 나들이를 버스로 했는데, 고속도로에서 사고가 자주 나기에 불안하여, 궁여지책으로 열차를 택한 것이다. 솔직히 버스여행은 낭만이 없다.

휴게소에 내려 식사를 할 때만 해도 시간에 쫓기어 제대로 먹을 수 없다. 그러나, 열차로 갈 때는 차창 밖에 펼쳐지는 파노라마를 느긋한 마음으로 감상해가며 먹고 싶을 때 먹을 수 있는 여유로움이 있어 좋다.

이런 낭만 때문에 오늘 기차역에 나갔다. 전처럼 붐비지 않는 광장을 지나 오래간만에 역사에 들어섰다.

어럽쇼, 대합실 분위기가 아주 딴판이었다.

즐비한 식탁에는 청소년들만 들끓었고, 햄버거 판매장이 성시를 이루고 있었다. 대형 차시간표도 온데간데 없었다. 도대체 대합실은 어디로 갔단 말인가?

오랜 세월 중앙선 시발점으로 길손들의 애환을 싣고, 기적소리 울리며 떠나갔던 유서깊은 대합실이 장사꾼들의 매장으로 둔갑하다니 서운한 생각이 들었다.

역사를 나와 매표소를 물어 찾아갔더니 바로 옆에 삼층 높이 가건물이 나왔다. 깎아지른 절벽처럼 높은 계단을 사람들이 숨가쁘게 올라가고 있었다.

전에는 기차시간이 촉박했을 때도 광장을 냅다 달려가서 차를 타고간 일이 한 두번이 아니었는데, 이제는 마(魔)의 계단 때문에 어림도 없게 됐다. 에스컬레이터도 보이지 않았다. 전철역에는 여러 대가 오르내리고 있던데, 강원도쪽 많은 손님들이 여기로 드나든다. 이런 중앙선(中央線) 관문에 한 대도 없대서야……

'강원도 할아버지가 감자보따리를 들고 내렸을 때 이 마(魔)의 계단에서 얼마나 쩔쩔 맬 것인가?' 동정이 갔다.

이런 생각을 하며 매표소까지 올라와 보니, 그렇게 찾아 헤매던 열차시간표가 바로 거기에 있었다. 강릉행은 아직도 한 시간이나 남아 있었다. 오다 가다 역직원을 만났기에 가건물로 옮겨 온 사연을 물었더니, 작년 12월에 이사를 왔다고 한다. 신역사 착공이 2003년이라고는 하나 불투명하다고 했다. 역사 가건물은 건설회사가 지어줬고 구역사는 그들이 수리하여 햄버거 회사에 세를 놨다고 했다.

이런 말을 들은 나는 자세히는 모르겠으나 착공이 늦어질수록 집세 수입은 늘어날 것이 아닌가 싶었다. 비록 가건물이지만 에스컬레이터는 놔줘야 하지 않느냐고 한 즉, 이 말에는 아예 대답하려하지 않았다. 그렇다면, 저 마(魔)의 계단은 언제까지 철도 이용 승객들을 불편하게 할 것인가? 하고 걱정을 하며 계단 앞에 다시 왔을 때, 연로한 할머니가 천야만야한 계단을 사력을 다해 기어서 올라오고 있었다. 옆에는 나이가 더 들어보이는 노파가 그의 목발을 힘겹게 안고 따라 올라오고 있었다. '거 봐라, 이래도 손님들을 모른 체 할 것인가?' 분통을 터뜨리며 노파의 곁으로 급히 내려갔다.

많은 사람들이 그의 옆을 스쳐갔으나 하나 같이 불길한 것을 피하기라도 하려는 듯 외면하고 지나갔다. 나는 딱한 할머니를 보았을 때, 비통한 심정을 금할 수 없었다. 할머니를 외면하고 지나가는 뭇 사람들의 차가운 시선이 몸서리쳐졌다. 누구나 자신의 건강을 어찌 장담할 수 있단 말인가? 내가 아는 교수가 일본에 갔을 때 열차 승강대에 무거운 짐을 올려놓고 있는데, 먼저 타고 있던 일본 노파가 같이 끌어올려 주는 것을 보고 많은 감동을 받았다고 하던데, 하물며 같은 동포끼리 '이럴 수가' 하는 생각을 하며, 할머니를 일으켜 세웠다.

극구 사양하는 것을 억지로 손을 잡고 계단 위로 끌어 올렸다. 그러나 꼼짝도 안 하기에 허리를 껴안았다. 할머니보고도 껴안으라고 했다. 그러나, 할머니는 손에 더러운 것이 묻었다고 하며 내 양복에 손을 대려 하지 않았다. '양복은 빨면 됩니다' 하고 껴안게 한 후 간신히 대합실까지 올라갔다.

할머니는 고맙다고 하며 몸둘 바를 몰라했다. 할머니의 행선지가 안동이라 하기에 대신 가서 표를 사다주고 열차 안에까지 모셔다 드렸다. 얼마 후 열차가 떠날 때 할머니는 천하라도 얻은 듯 만족한 웃음을 보이며 홈을 빠져나갔다.

내가 강릉행 열차에 몸을 실은 것은 그로부터 반 시간 후였다. 차창 밖에 펼쳐지는 시원한 파노라마가 얼마 전의 피로를 말끔히 씻어 줬다. 열차여행에서 얻은 낭만 때문이리라. 열차가 치악산 산허리를 힘겹게 올라가 ‘또아리굴’을 오랜 시간 돌아나왔을 때, 승객들은 앞을 다투어 차창 밖으로 머리를 내밀고 굴 입구를 올려다 봤다. 그처럼 긴 굴을 한치의 오차도 없이 정확히 뚫은 공법에 저마다 감탄을 터뜨렸다.

철도 연변에 정신을 팔고 가는 사이 잠이 들었다. 그 후 얼마가 지났을까? 눈을 떠보니 강릉이 가까웠다. 아끼던 봄 양복의 왼쪽 가슴에 할머니의 손자국이 묻어있는 것을 보고 할머니 생각이 떠올랐다.

다음에 그가 상경했을 때 다시 겪게 될 할머니의 고역이 걱정이 됐다. 착공일자가 불투명하다는데, 그 책임은 철도청에 있는 것인가? 건설회사에 있는 것인가? 바라건대, 착공되기 전에라도 하루 속히 에스컬레이터는 물론 장애인을 위한 엘리베이터까지 가설되어 우리들은 물론 할머니도 청량리 역에 다시 내렸을 때 편안한 나들이가 되게 할 수는 없을까.

강릉 역에 내리니 바다가 가까워서 그런지 경포대에서 불어오는 바닷 바람인 듯 상쾌하고 제법 시원했다. 양복에 묻은 손자국을 쓰다듬으며 세탁소를 찾아갔다. ◐

제 탓이오

용문사로 가는 길이 험하지는 않았으나 내리쬐는 7월의 뙤약볕은 서울보다 뜨거웠다. 아마도 공해가 없는 탓인지도 모르겠다. 20리 산길을 땀으로 멱 감으며 걸어서 갔다. 시계줄도 끈끈하여 허리띠에 옮겨 달았다. 땡볕 더위가 짜증스럽고 발걸음도 무거웠다.

길을 재촉했던 탓인지 절마당에 들어 서니 산마루에는 저녁 해가 아직도 서너 뼘 남아 있었다. 절간 주변에는 피서객들이 붐볐으며 들던 바 대로 둘레가 48m나 된다는 은행나무를 보고 입이 벌어졌다. 뒤로 돌아가니 바위로 쌓아 올린 대형 풀장이 보였다. 갇혀있는 산곡간의 맑은 물이 철철철철 넘치고 있었다. 물 속에 발을 담그니 발목이 시리다 못해 정수리까지 얼어들어 왔다.

숙소를 정하려고 여관마다 뒤졌으나 모두 만원사례였다. 산 아래 내려가면 민박집이 있다기에 다시 내려와 물어물어 찾아간 곳은 담장도 없는, 살살 기어 들어가는 납작한 초가였다. 지붕은 언제 엮었는지 군데군데 골이 패인 곳에 잡초만 무성했다. 식구라고는 60이 넘어 보이는 노 부부와 막내둥이 같은 어린 소년만이 보였다.

문간방에 짐을 풀고 저녁상을 받고 보니 알짜 강냉이밥이었다. 오늘 밤 내가 묵을 이 방의 천장에는 그을음과 거미줄로 찌들은 석가래들이 걸쳐 있었으며, 도배지 대신 개흙물로 바른 바람벽에서 물신 흙냄새가 풍겼다. 구수한 산골 인심이 묻어나는 것 같았다. 이미 사방은 어두워졌는데도 외양간에는 아까부터 소가 안 보였다. 혹시 먹이를 찾아 멀리 갔나 했다. 끝내 궁금하여 "소가 안 보인다"고 했더니 노인은 코가 석자나 빠진 채 대답이 없었다. 어린 소년은 두 늙은이를 번갈아 쳐다보며 눈치를 살폈으며, 할머니는 한 쪽으로 틀고 앉아 밤하늘만 바라보고 있었다.

(노인의 입에서 말문이 트인 것은 한참 후였다.)

노인이 읍내 장날 우시장에 가서 소 판 돈을 보자기에 싸들고 집으로 돌아오는데, 어떤 젊은 사람이 길가에 앉아 줏은 보따리를 풀고 있었다. 노인이 호기심에 다가가 봤더니 그 속에서 돈 다발이 한 뭉테기 나왔다. 둘이는 깜짝 놀랬다. 다음 순간 젊은이는,

"같이 주웠으니 함께 나누어 가집시다. 우선 아저씨의 보따리에 같이 싸 가지고 사람 없는데 가서 반타작을 합시다" 하므로 노인은 시키는대로 함께 싸서 들고 후미진 곳에 따라간 후 돈뭉치를 절반 나누어 받고 집으로 돌아왔다. 와서 보니 아뿔싸! 모두 앞과 뒤만 진짜 돈을 붙인 신문지 뭉치였다. 그렇지 않아도 많은 사람들이 야바위꾼들의 간계에 넘어가 피해를 입는다는 어처구니 없는 소문은 벌써부터 항간에 퍼져 있었거니와, 이 집의 노인도 그런 피해자 중의 한 사람이 된 것이다.

주눅이 든 소리로 자초지종을 토로한 이 집 노인은 목이 메인 듯

잠시 머뭇거리다가 "내가 죽일 놈이지 돈에 환장을 하고 욕심을 부리다가 사기꾼에게 돈만 털리고, 식구들을 못살게 만들었으니 천벌을 받아도 싸지. 모두 다 내가 잘못한 탓이야"하며 자기의 탓으로 돌렸다.

이때 할머니가 자세를 바로 하더니, "영감님은 아무 잘못이 없습니다. 도리어 소를 좀 더 키워서 팔자고 하는 것을 내가 팔아버리자고 몰아세우는 바람에 그날 팔러 나갔다가 그 지경이 됐으니 제 잘못이지요. 영감님 소견대로 했더라면 이런 변은 안 당했을 것을……."

할머니가 자기 탓으로 돌리며 노인을 바라봤을 때 노인도 동시에 할머니를 바라봤다. 마주친 그들의 노안에는 서로를 동정하는 뜨거운 이슬이 가물거리는 호롱불에 아롱아롱 비쳤다.

찢어지게 가난한 이 초가삼간을 무참하게 휩쓴 모진 광풍을 그들은 제 탓이라는 방패로 막아내고 있었다. 오늘 밤 무학의 노부부로부터 그들의 생활철학을 익히 터득했을 때, 내 과거사가 심히 부끄럽게 느껴졌다. 나의 참회에 철퇴라도 가하는 듯 한밤의 계곡 물소리가 요란스럽게 들려왔다. 날이 밝는대로 되돌아가서 잘못이 생길 때는 제탓으로 돌리리라.

노인이 앞마당에 나와 서서 달을 보고있을 때 할머니도 따라나와 물고있던 곰방대를 노인 입에 물려줬다. 뻐끔뻐끔 힘을 줄 때마다 곰방대의 담배잎이 타들어갔다. 알싸한 향기가 울안에 퍼졌다. 오늘도 저들은 한맺힌 악몽을 서로 제탓이라고 감싸주며 위로하고 있었다. ☯

뱀탕집 주인의 휴머니즘

요전날 TV에서 중국서 들어오는 밀수품들을 많이 봤다. 그 중에는 뱀도 있었다. 큰 망사자루 속에서 우글거리는 뱀들을 보는 순간, 고마웠던 어느 뱀탕집 주인이 생각났다.

어느 날, 큰 녀석의 오줌색이 심상치 않은 것을 보고 뜨끔한 생각이 들었다. 검사를 받게 했더니 간경화증 시초라는 진단이 나왔다. 쾅, 가슴이 내려앉았다. 몇 달 전에 간경변증으로 심한 통증 끝에 세상을 달리한 동서가 생각났기 때문이다. 간 박사로 유명한 김정룡 박사는 하루에 소주 두 병씩 2년간 마시면 간암에 안 걸릴 사람이 없다하던데, 저토록 자식 단속을 게을리 한 지난 날이 후회가 됐다.

더 진행되기 전에 서둘러야겠다는 생각에서 병원 약을 먹였다. 그러나 효험도 없고 눈자위까지 돌아가고 있었다. 갈피를 못 잡고 우왕좌왕하던 중 얼핏 떠오르는 게 있었다. 만병에 좋다는 뱀탕이었다. 그 길로 찾아 나섰으나 눈에 띄지 않았다. 전에는 가게 유리창에 뱀탕이라고 써 붙인 곳을 많이 봤는데 이상하다는 생각이 들었다. 개소주와 염소탕만 있었다. A시에서는 찾을 수 없기에 버스를 타고 몇 십리 떨어진 P시로 갔다. 그러나 거기도 마찬가지였다. 마지못해 한 번 물어나 보려고 염소탕 집으로 들어갔다. 젊은 주인에게 뱀탕 집을 혹시 아느냐고 물었더니 “바로 찾아왔습니다” 한다. 알고보니 뱀탕을 못 팔게 단속하므로 ‘뱀탕’ 자를 지우고, 개소주와 염소탕 자만 남겨놨다고 했다. 그 때야 사정을 알아차리고 찾아온 사연을 말했다. 그러자 젊은 주인은 ‘걱정이 많이 되겠다’고 동정을 했다. 그리고 그 병에는 장기간 복용해야 된다고 하면서, 원래 비싼 약재여서 개소주나 염소탕 값에는 비할 바가 못 된다고 했다. 나는 묵직한 부담감을 느끼며 일주일치면 얼마가 되겠느냐고 물었더니, 주인은 ‘150만원’이라고 했다. 지금으로부터 약 20년 전 돈이다. 등골이 오싹했으나 집을 팔아서라도 사람을 구해놓고 봐야겠다는 생각에서 (약값은 깎는 것이 아니라고 들어왔기에) 그대로 지어달라고 했다. 그러자 잠시 후 젊은 주인은 ‘앞으로 약값이 많이 들 것이므로 싸게 구입할 수 있는 집을 소개해주겠다’고 했다. 그 집은 도매집이어서 자기도 거기에서 사다 판다고 했다. 순간 젊은 주인의 물들지 않은 상혼(商魂)에 감동이 갔다. 이런 때 여느 사람 같으면 황금 같은 기회라고 놓치려고 하지 않을 것이다. 눈앞의 이익에 급급하지 않고 남을 배려할 줄 아는 사람이 어디 또 있을 것인가 하는 생각이 들었다. 나는 그의 호의를 그냥 받아들일 수 없어서 ‘오늘은 여기서 가지고 갈테니 일주일분만 준비해 달라’고 했다. 그러나 젊은 주인은 자기에게 부담을 갖지 말라고 사양 하면서 도매집을 가리켜줬다. 가슴에 찡한 것을 느끼며 그 집을 나왔다.

도매집은 바로 찾았다. 넓은 공간에 시설도 그 집보다 몇 배 많은 규모가 큰집이었다. 주인은 몸집이 실해 보였으며 심술까지 있어보였다. P시의 젊은 주인의 소개로 찾아왔다고 한즉 그곳은 자기 거래처라고 하면서 시내의 모든 뱀탕집은 자기한테서 사다가 판다고 은근히 대상(大商)임을 과시했다. 나는 '많이 팔아줄테니 금이나 잘 놔달라고 했다. 도매집 주인은 염려 말라고 하면서 땅속에서 많은 뱀을 손쉽게 끄집어내더니 증기솥에 넣고 4시간이나 과서 포장해줬다. 다행히 10%싸게 받았다. 소개해준 젊은 주인이 다시금 고마웠다. 그런데 약을 다 먹고 다시 갔더니 전보다 더 받았다. P시와 같은 값이었다. 이유를 물었더니 재료값이 올랐다는 것이다. 장기간 복용한다니까 욕심이 생긴 모양이다. 차라리 같은 값이라면 젊은 주인 것을 팔아주려고 다시 P시로 찾아갔다. 그에게 자초지종을 이야기하고 앞으로는 여기서 사겠노라고 했다. 그러자 젊은 주인은 중국서는 이곳보다 10분의 1 가격도 안되며, 숙소도 깨끗한 민박집이 많으니 가서 복용시킬 생각은 없느냐고 했다. 조선족들이 경영하므로 언어의 장벽도 없어서 외롭지도 않고, 숙식비도 이 곳보다 파격적으로 싸다고 했다. 젊은 주인은 다시 찾아온 기회를 이번에도 마다하고 딱한 나를 도와주려고 했다. 한낱 자신의 실속만 차리려고 철새처럼 옮겨 다니는 정치인들과는 근본적으로 달랐다. 그는 먼 앞날을 내다보는 달관적인 철학과 비전을 가진 사려깊은 청년이었다.

중국 단동에 도착한 것은 몇 일 후였다. 깔끔한 민박집에서 P시의 젊은 주인의 사랑의 맥박을 따스하게 느끼며, 부담없이 편안한 치료를 장기간 받은 결과, 마침내 완치를 보게됐다. 치료비는 통상 국내의 10분의 1도 안 되었다. 만일, 그가 아니었다면 영세업자인 나는 치료도중에 좌절했을지도 모른다. 그는 아들의 생명을 구해준 은인이다. 귀국 후 준비해온 적은 선물을 들고 찾아갔더니 자기는 할 일을 했을 뿐이라고 한사코 사양하는 것을 간신히 전하고 나왔다. 부디, 그의 미덕(美德)이 인구에 회자되어 사업이 번창하기를 바라면서 전철역으로 나왔다. 불현듯이 평소에 내가 즐겨 읊던 시 한 구절이 생각났다. 어느 시골 정거장 바람벽에 무명의 시인이 낙서한 것을 시조시인 이은상씨가 전해준 작품이다.

어두워 한 가지에 같이 자던 새
날 새면 서로 각각 날아가나니
보아라 인생도 이와 같거늘
무슨 일 눈물지어 옷을 적시나

의사당 안에 젊은 뱀탕집 주인처럼 도량이 넓고 앞날을 생각하는 미더운 선량들만 모인다면 우리들은 행복해지지 않을런지. 이런저런 생각을 하며 개찰구를 나섰다. ◗

일하세, 젊어 일하세

　오늘 TV에서 '동아마라톤'을 중계했다. 새파란 가을하늘 아래 만여 명의 건각들이 달려가고 있었다. 생선 비린내 나는 맑은 공기를 헤집고 호반을 누비고 있었다. 현란한 파노라마는 마치 오색의 물감으로 점을 찍은 듯했다. 이봉주 선수는 마침내 일등으로 들어왔다.

　마라톤은 자기와의 싸움이다. 매스콤은 이 선수의 피나는 훈련을 줄곧 홍보해 왔다. 그의 고된 훈련은 마침내 세계대회에서 월계관을 차지하게 한 것이다. 이처럼 젊을 때 훈련은 하면 할수록 보람을 찾는다.

　그러나 나이 들면 그렇지 못하다. 도리어 신체에 무리만 간다.

　젊은 사람도 일 주일에 대엿새면 족하다는 조깅을 나는 룰을 몰랐던 탓에, 50이 넘은 것도 생각지 않고 일요일에도 밀어 붙쳤다. 여파로 신체에 부작용이 많이 생겼다. 70대 후반부터는 다리의 인대가 늘어져서 약방을 가끔 드나들게 됐다. 어느날 약사에게 한번만 먹고도 낫는 강력한 인대 약이 없느냐고 물었더니 약사는 "젊어지기 전에는 도리가 없지요"했다. 나는 그 말에 며칠 비관속에 빠졌다. 늙으면 안 된다는 선고를 받았기 때문이다. 80에 이르도록 습관을 계속하고 있으나 주력은 점차 퇴로일변도이다. 나도 30대까지는 그렇지 않았다. 하면 할수록 효과를 보았다. 스피드도 상승했다. 그러나 이제는 그렇지 못하다. 역발산의 기세는 돌아오지 않는다. 노력도 의욕도 젊었을 때 일이다. 생로병사는 신의 섭리다. 인생이 늙어지면 무엇을 할 수 있으리요. "꽃은 춘추 단절이오, 달도 차면 기우나니"라고 하지만 이것들은 되돌아 올 수 있는 것들이다. '노세 노세 젊어 노세 늙어지면 못노나니'의 장단에 취해서 노후를 대비하지 않는다면 큰 변을 당한다는 것은 뻔한 이치다. 모름지기, '일하세 일하세 젊어 일하세 늙어지면 일 못하나니'의 슬로건 아래, 일할 수 있는 젊은 날에 근면하여 일할 수 없는 노후를 대비해야 하지 않을까? 단, 사리사욕에만 눈이 어두워 국민의 혈세만 축내는 악덕 정치인의 수법은 따르지 말고, 순리를 따라서 공든 탑을 세운다면 후에 멋진 여생살이를 하게 되지 않을까 싶다. ☯

시영 급식소

어느날 모 교수께서 나보고 컴퓨터를 배워보라고 하셨다. 생각보다 그렇게 어려운 게 아니더라는 것이다. 교수님도 자식이 미국으로 떠나면서 두고 간 것을 배워서 지금 쓰고 있다고 하셨다. 내 원고는 막내가 직장에서 돌아와서 컴퓨터에 입력해 주고 있다. 공무에 시달리다 돌아온 자식을 혹사시키는 듯해서 매번 미안함을 느껴 왔다. 그러던 중 서울복지회관에서 컴퓨터무료강습을 한다기에, 한번 찾아가보려고 했다. 내가 굳이 그 곳에서 배우고자 하는 뜻은 무료강습이어서가 아니라, 젊은 사람들 틈새에서 눈치를 보며 배우지 않아도 되겠다는 생각에서였다.

친구의 안내로 '서울 노인복지회관'에 도착한 것은 점심때가 다 되어서였다. '컴퓨터무료강습' 신청을 3층에서 받는다기에 찾아올라가다가 2층에 이르렀을 때, 무료급식을 받으려고 끝도 없이 늘어선 노인들을 보고 발길을 멈추었다. 해방 직후 고생했던 학창시절이 생각났다. 줄에 서있는 어느 노인의 말이 매일 아침 약 5천명이 몰려

든다고 했다. 그중 선착순으로 2천명만 급식받고 3천명은 발길을 돌려야 한다는 것이다. 새벽 5시가 지나면서 수천 명이 전철과 버스 등으로 급식소로 몰려들어 일대 수라장을 이룬다고 했다. 그 것은 그 시간에 도착해야 식권 한 장을 배급받을 수 있기 때문이라는 것이다.

내가 어느 여름, 중국에 갔을 때였다. 서늘한 정자에서 영감님들의 호금(胡琴)소리에 맞추어 할머니들이 초등학교 저학년짜리처럼 고개를 젖히고 열창하는 것을 봤다. 그들은 노년을 느긋한 마음으로 즐기고 있었다. 생각하면 우리나라 노년층들은 6·25의 민족대수난을 목숨을 걸고 막아냈다. 그리고 폐허가 된 이 나라를 피땀으로 일구었다. 그들은 이제 노쇠하여 노동력이 없다. 그들 3천명의 탈락자들이 저렴한 값으로 요기를 할 수 있는 길은 없을 것인가? 중국노인들처럼 정자에서 호금소리가 들려오도록 해 주지는 못할 망정, 허기는 메꿔줘야 하지 않을까.

해방직후처럼 시내 처처에 시영배급소를 마련하여 무료에 가까운 싸구려 빵을 배급해준다면 되돌아가는 3천명은 물론이려니와, 아직 60세가 못되어 복지회관의 혜택을 못받는 가난한 사람들도, 허기를 해결할 수 있지 않을까 하는 생각을 하며 3층 컴퓨터실로 향했다. ☯

마음의 안정

내가 직장을 그만 두고 납품업을 시작할 때 아내는 몹시 불안해했다. 첫째는 장사에 경험도 없는 내가 식구들을 굶기지 않고 먹여살릴 수 있을까 하는 걱정이오, 둘째는 장사꾼은 때에 따라 거짓말도 할 줄 알아야 한다는데 고지식한 내가 그런 꾀를 부릴 수 있겠느냐는 것이었다. 그래서 줄에 앉은 새모양 초조한 마음으로 내 일거수 일투족에 신경을 썼던 것이다.

그런데 막상 해보니 납품업은 높은 사람이 지켜봐줘야 안심이 되는 사업이었다. 나는 아껴쓰려고 아둥바둥했지만 교제비의 과다지출을 막을 수가 없었다. 마침내 아내는 술값이네 팁이네하고 요정에만 퍼주고 있으니 우리에게 돌아올 게 뭐가 있겠느냐는 것이었다. 내가 요정출입을 자주 한 것은 사실이나 발주를 받기 위해서는 불가피한 일이었다. 이런 궁지에서 헤어나지 못하게되자 아내는 이러다간 거덜나겠다고 안절부절못했다. 아내의 심적 고통은 나보다 더했다. 이처럼 부진한 납품으로 다년간 고전하던 어느날 중학교 동기인 K그룹 부회장을 만났다. 그후 그의 무조건적인 뒷받침으로 사업이 확대일로를 걷게 됐다. 마침내 아이들도 대학을 마쳤다. 지금은 둘째에게 사업을 맡기고 수 십 년 중단했던 습작을 시작했다. 이제는 아내도 맘을 놨으려니 했는데 근심걱정이 떠나지 않고 있었다. 둘째가 생활비를 꼬박꼬박 보내주는데도 아내는 월말이 되면 조마조마해 했다. 전에 나한테 받아쓸 때는 없었던 버릇이다. 딸이 주는 돈은 서서 받고 아들이 주는 돈은 앉아서 받고 영감이 주는 돈은 누워서 받는다는 항간의 속설(俗說)처럼 아들한테 받아쓰는 것을 불안해 했다. 게다가, 생활비 입금이 늦어지거나 해서 심사가 불편해지면 부모 몰래 이민이라도 가면 어떻게 할거냐고 억측까지 했다. 나는 천부당 만부당한 소리라고 일축했다. '당신이 둘째를 가졌을 때 임신중독으로 의사가 태아를 유산시켜야 산모가 무사하다고 했을 때도, 모험적인 출산을 하여 어렵게 얻은 자식이 아니냐, 그후 당신이 착하게 키웠고 가장 귀여워한 아들인데 부모를 버리고 외국으로 피해 가는 그런 패륜아일 수가 있느냐, 배아파 난 자식을 못믿으면 누굴 믿느냐'고 타일렀다. 그리고 중국집 대동각의 노배달원 이야기를 들려줬다.

중국집 대동각의 늙은 배달원은 10년 넘게 철가방을 들고 그 집에서 일했다. 60이 넘은 그는 이제는 허리도 많이 굽어 있었다. 어느 겨울 그가 맨손으로 철가방을 들고가기에 안쓰러워 면장갑을 사서 줬더니 극구 사양했다. 주인의 눈치를 살피는 모양이었다. 그가 이처럼 주인에게 조심하는 까닭은 중국사람이 그의 노후를 보장해 준다고 약속했기 때문이다.

어느 날 그가 지하상가에서 빈 그릇을 들고 나와 허리를 구부리고 출구를 향해 가기에, '저런 몸으로 아직도 배달을 하다니' 걱정을 하며 뒤따라 갔다. 그는 허리를 구부린 채 계단을 오르더니 낡아 빠진 유모차에 그릇을 옮겨 담고 밀고가고 있었다. 만일 노(老)배달원이 철가방을 못들게 됐을 때 대동각 주인은 그래도 앉혀두고 먹여줄 것인지? 그가 세상을 하직했을 때 과연 그의 가족묘지에 묻어줄 것인지. 우리는 그 중국사람을 믿기 어려웠으나, 철가방 노인은 주인의 언약을 굳게 믿고 오늘도 사력을 다해 움직이고 있었다.

내 말이 끝났을 때 아내는 눈을 감고 말이 없었다. 나는 그것을 보고 안정을 찾은 저 명상이 영원하길 바랬다. 그 안정은 나의 의무요 내 노력에 달렸다고 생각됐다. 나는 가난 속에 살아오면서 아내를 오랫동안 불안하게 했다. 앞으로는 편안하게 해줄 책임이 나에게 있다. 그러나 노경에 처한 나는 해외나들이라든가 고급 다이아반지를 끼워주는 등 금력으로는 달랠 수 없다.

늙으면 정으로 산다는데 끈끈한 정으로, 서로를 위하고, 존경하고, 믿음을 주며, 고생시킨 미안함을 두고두고 사과한다면 그런 속에서 아내는 안정을 찾고 불안은 사라지지 않을런지. ☯

어느 교장의 죽음

　내가 A시의 초등학교를 찾아 나선 것은 어느 가을이었다.

　그 곳에 근무하는 오 형이 동창회에 올라왔을 때, 한번 놀러오라고 했기에 열차에 올랐다. 연도의 황금물결이 시야에 서늘했다. 기차가 A시에 닿은 것은 한 시간 후였으며, 학교는 한촌역에서 그리 멀지않았다. 교사 저편에는 만발한 코스모스가 가을바람에 흐느적거리고, 그 앞에서는 직원들의 주흥(酒興)이 한참 무르익고 있었다. 희희낙낙한 웃음소리가 운동장을 건너왔다. 그런데 가까이 가도록 오형은 안보였다. 발길을 멈추고 두리번거리자 상석에 있던 분이 내게로 왔다. 자기는 이 학교의 교장이라고 하면서 어떻게 왔느냐고 물었다. 나는 정중한 자세를 하고 오 모씨가 중학교 동창이라고 하자 어서 오라고하며 내 손을 잡아당겼다. "오 선생은 볼 일이 있어서 고향에 내려갔다"고 하며, "닭대신 꿩도 있지않느냐"고 부드럽게 농담을 건넸다. 교장선생은 직원들에게 나를 소개하고 나서 직원들의 이름도 낱낱이 알려줬다. "외람되이 끼어들어 송구하다"고 답례

하자 오 선생을 대신해줘서 반갑다는 것이었다. 여선생님들은 누가 시키지도 않았는데 어느새 새 음식과 새 술잔을 내 앞에 가져다놨다. 여흥이 절정에 이르렀을 때 누군가가 교장선생에게 지정곡을 불러달라고 청했다. 그것은 모임이 있을 때마다 교장선생한테서 들어온 귀에 익은 노래 같았다. 지정곡이 끝나고 내 차례가 와서 나도 부르고 박수를 받았다. 곧이어 직원들의 노래소리가 술잔을 타고 한 순배 돌고나자 여선생들의 꾀꼬리같은 노래소리가 하늘 높이 솟아 올랐다. 그들은 그간의 피로를 가족적인 분위기 속에서 즐겁게 풀고 있었다. 맑은 가을하늘 아래 한길도 넘는 만발한 코스모스를 만끽하며, 상사와 직원이 어우러진 화기애애한 모습을 보고 나는 내 친구 오 형이 행복하다고 느꼈던 것이다.

　얼마전 아침신문에서 초등학교 교장선생이 자살했다는 기사를 읽었다. 학부모들은 그를 죽음으로 몰고 간 일에 항의하는 의미에서 아이들의 등교를 거부하고 있다는 말도 들었다. 원인은 여교사에게 차 심부름을 시킨 때문이라는 말을 듣고 의아한 생각이 들었다. 누구나 자기 집에 손님이 오면 차 대접을 하는 것이 예절로 돼있다. 그럴 때 여자가 없으면 몰라도, 있을 때는 여자가 타왔다. 학교에서 교장선생이 차를 직접 타서 마시게 하는 것보다 여선생이 있을 때는 좀 타드리면 안되는 것인지. 그것이 흉이 되는 것인지. 집에서 아버지나 오빠 같은 윗사람에게 자연스럽게 차를 타드리듯이, 상사에게도 마음속에서 우러나는 정성으로 대접해 드릴 수 있다면, 그 직장은 상하가 한 식구처럼 다정해지지 않을런지. 아울러 한 마음으로 일체감이 되어 화기가 넘치는 명랑한 직장이 되지 않을런지. 한 목소리를 내는 스승들 밑에서 우리의 새싹들이 자라갈 수 있다면 그들은 장차 일등 국민이 될 수 있지 않을런지.

우리 어린이들은 헷갈릴 때가 많다고 한다. 어느 선생님은 '반미(反美)'를 해야 한다고 하고, 다른 선생님은 '파병(派兵)'을 해야 한다고 해서 갈피를 못잡는다는 말을 들었다. 내가 중학교 다닐 때 체육선생님이 초등학교 어린이들은 선생님을 사람이 아닌 신(神)으로 알고 있다고 했다. 어떤 어린이가 화장실에서 선생님이 소변보시는 것을 보고 깜짝 놀라서 학생들에게 '선생님이 소변을 보시더라'고 신기해 하며 광포를 놓고 다니더라고 했다. 이렇게 순진무구(無垢)한 우리네 새싹들에게 선생님들은 통일된 목소리를 들려줘야 하지 않을런지. 이렇게 헷갈리게 하는 이유 중에는 교원들간의 주장이 서로 다른 파벌 때문이라고 들었다. 전에 오 형이 근무하던 A시의 초등학교처럼, 교장 이하 한 목소리를 내는 교직자들 밑에서 우리의 2세들이 헷갈리지 않는 교육을 받았으면 하고 소원을 해본다. 그리되면 교장선생을 죽음으로 몰고가는 어이없는 비극도 되풀이 되지는 않을 것 같다. ☯

초지일관

'졸업 50주년 재상봉회'가 모교에서 있던 날이었다. 서둘러 갔더니 아직 한 시간이나 이른 시각이어서 오래간만에 백양로(白楊路)를 걸어봤다. 만감이 교차했다. 그 중에서도 합격자 발표가 있던 날 시간이 촉박하여, 백양로 6백미터 거리를 100미터 달리듯이 달음질 쳤던 일이 생각났다. 오후 세 시 합격자 명단이 나붙었을 때 내 이름과 수험번호를 몇 번씩 되풀이 확인하던 일이 엊그제 같은데, 오늘 졸업 50주년 재상봉을 하게 되다니. 이런 감회에 젖어 발걸음을 옮기다보니 어느덧 동상 앞에 다달았다. 옛날 강의 받던 교실들이 시야에 들어왔다. 허기를 참으며 강의 받던 내 모습이 불현듯 떠올랐다.

8·15해방 후 38이북 학생들은 고생을 많이 했다. 방학 때 지방을 돌며 행상으로 번 돈이 동이났을 때는, 점심을 굶는 때가 많았다.

다행히 호주머니 속에 점심으로 먹을 빵을 준비하고 간 날은 빈 속이 아니라서 오후 강의까지 버틸 수 있었다. 빵을 준비 못하고 간

날도 강의시간만은 시장기를 잊을 수 있었다. 그것은 내가 세상에 태어나서 처음 듣는 진귀한 말들을 정신없이 들었기 때문이다. 그 중에서도 김윤경 박사님의 도태(淘汰)학설은 지금도 신기하다. "미국 어느 동굴의 연못 속에 사는 가물치는 빛이 없는 속에서 살고있기 때문에, 눈을 안 쓴 탓에 눈알이 통째로 없어진 것을 견학했다"는 도태설이었다.

교무처에서는 출석률이 2/3가 못되면 시험에 합격해도 학점을 인정해주지 않았기 때문에 방학 때가 아니고는 지방행상도 불가능했다. 어떤 사람은 "그까짓 몽땅 때려치우고 군대나 가지. 그 고생을 하느냐"하고 권고도 했다. 그러나 너무 어렵게 들어간 학교인 탓도 있지만, 내 꿈인 문학을 저버릴 수가 없었기 때문이다. 이렇게 몸부림을 쳤으나 졸업 후 어이없게도 고생한 보람을 찾지 못했다. 그것은 내가 고관대작이 못되었기 때문도 아니오, 대재벌이 못된 탓도 아니다. 문학을 하느라 고생한 보람을 못찾았다는 말이다. 그것은 내가 한 우물을 파지 않았기 때문이다. 학교를 졸업하자마자 몇 년 동안 교단에 섰을 때는 습작을 할 수 있었다. 그러나 박봉이어서 사직을 하고 회사로, 자영업으로 전전하는 동안 문학을 멀리하게 됐다. '정신일도 하사불성'이라는 말이 있다. 한석봉의 어머니 떡 써는 솜씨라든가, 처마밑에 떨어지는 물방울이 밑에 있는 바위를 뚫는다는 말도 있듯이, 그때 박봉이었더라도, 그대로 지키면서 습작에 몰두했어야 했을 것을 후회가 된다. 그런데 습작은 못했어도, 일기는 계속 썼다. 때때로 꾀가 나서 쓰고싶지 않을 때는 김윤경 박사님의 옥중일기를 생각했다. 박사님이 한글학회 사건으로 옥살이를 하실 때 휴지에 메모하고, 종이가 없을 때는 나뭇잎, 가랑잎에 구멍을

▲ 졸업 50주년 기념상봉회 시 언더우드 동상 앞에서

뚫어가며 메모하셨다가, 해방 후 출옥하여 정리하셨다는 말에 힘을 얻고 썼다. 그 때문인지 78세에 습작을 다시 시작한 것이 79세에 수필로 겨우 등단했다. 이 나이에 부끄러운 일이다. 젊은 수필가들이 왜 이제야 나왔느냐고 많이 물어온다. 그럴 때마다 당황하게 된다.

비록 내게서 젊은 날은 가버렸지만 이제 남은 기간만이라도 한 우물을 파볼 생각이다. 우리가 세상에 남기고 갈 것은 글밖에 없다고 하던데, 나도 수필집 한 권이나마 남기고 싶다.

초지를 일관하지 못한 내가 이제야 그런 말을 하게되어 부끄럽기 한이 없다. ☯

시|신기증

　S형님은 고향 대선배이시다. 오래간만에 만난 그는 일전에 세브란스병원에 다녀왔다고 했다. "무병하시던 형님이 불편한 데라도 생기셨느냐"고 물었더니, 그게 아니고 앞으로 자기 시신을 기증하는 수속을 밟고 왔다는 것이다. 죽으면 병원에서 와서 시신을 인수해간다니, 가족에게 폐 끼치지 않게 됐다고 가벼운 느낌을 가지는 듯했다. 그러나 나는 그의 말을 들었을 때 가슴이 찡했다. S형님은 지금 딸하고 같이 살고 있는데 작년에 할머니가 세상을 뜨게 되자 그런 생각을 하게 됐는가 했다.

　S형님은 할머니가 데리고 들어온 딸을 한 살때부터 키웠다고 했다. 딸도 친아버지처럼 알고 극진히 모신다고 했다. 그렇지만 딸에게 큰 부담을 주지 않으려고 그랬는가 하고 동정이 갔다.

　나는 평소부터 화장을 원했다. 친구들이 묘자리를 운운할 때도 나는 화장을 할 거라고 했다. 그 까닭은 묘자리를 미리 정해 놓으면, '이담에 내가 죽어서 찾아갈 곳은 바로 저기 저곳이로구나' 하는 강

223 ✿

박감 때문에 생의 의욕을 상실할 것 같아 그랬다. 또 나이를 잊고 살아가고 싶은 것이 평소의 내 지론이기 때문이다. 수해로 무덤이 유실됐을 때 그것을 찾아헤매느라 유족들이 엄청난 곤욕을 치르게 될 것도 걱정이 돼서 그랬다. 더 큰 이유는 우리 국토의 엄청난 규모가 묘지로 인해 침식당하고 있기 때문에 애국심에서 화장을 결심한 것이다. 그러나 오늘 S형님의 처사를 보고 깨달은 바가 더 크다. 그것은 시신이 기증되면 인류의 생명을 구제하는데 큰 역할을 하게 된다는 것을 새삼 깨달았기 때문이다. 불치병에 시달리는 여러 사람들을 구제할 수 있게 된다면, 얼마나 값진 일인가 하고 감동을 받았다. 나는 S형님으로부터 시신기증 절차를 설명듣고 우선 아내를 설득하려고 집으로 향했다.

내가 아내에게 S형님의 결심을 전했을 때 아내는 깜짝 놀랐다. 서로 위로하고 지켜보며 살아오던 반려자의 시신을 남에게 빼앗기다니 하고 펄쩍 뛰었다.

아내는 전에 며느리가, "1000만원이 있어야 죽을 수 있다"고 말했다면서 늘 불안해 했다. 화장은 두 번 죽음한다고 딱 질색이었던 탓에 더욱 그랬다. 그러던 것이 요새는 심경의 변화를 가져왔다. 그것은 아들이 부모 모시랴 처자식 거느리랴 힘겨워하는데, 어찌 무거운 짐을 또 맡길 수 있느냐는 것이다. 그러면서, 비용이 덜 드는 화장을 하자고 한발 물러선 상태였다. 나는 아내가 한 발 더 후퇴하기를 바라면서 설득에 박차를 가했다. "기증한 시신은 인간의 난치병 치료에 구세주 노릇을 하고 있는데, 만약 화장을 한다면, 인간을 구해주는 소중한 것들이, 아깝게 한줌의 재로 변해버리고 말 것이 아니겠느냐"고 했다. 그러나 아내는 "화장이라도 해서 납골당에 뫼셔야

내가 영감 생각날 때, 찾아갈 수 있지 않느냐”고 하기에, “다음에
우리 천국에서 만납시다. 영생을 누릴 수 있는 저 하늘나라에서 말
이오” 나는 말했다.

　며칠을 두고 설득한 결과 마침내 아내의 동의를 얻어냈다. 우리는
하루 속히 2000만원 문제로 염려하는 며느리에게 이 사실을 알리고
싶었다. 아들이 반대해도 우리는 굽히지 않기로 하고 그 쪽으로 가
는 버스에 올랐다. ☯

눈물 젖은 두만강

　「눈물젖은 두만강」을 내가 처음 들은 것은 중학교 3학년이던 어느 겨울 K악기점 대형스피커에서, 김정구씨의 열창이 터져나왔을 때였다. 사춘기의 내 여린 가슴을 설레이게 한 이 노래의 여운은 내 머릿속에서 좀처럼 떠나지 않았다. 떠오르는 몇귀절만 어림잡고 흥얼거리며 다니던 중, 어느날 새벽을 달리는 통학열차의 남학생칸에서 제대로 된 두만강 노래가 모기소리만하게 들려와 귀가 번쩍 뜨였다. 멜로디의 주인공이 절친한 허 군이어서 덥석 손을 잡고 승강대로 끌고나왔다. 때마침 기관차 앞대가리를 치고 달아나는 새벽바람이, 우리들 교복소매로 차갑게 들어왔으나 추운 줄도 모르고 그가 하는대로 따라 배웠다. 어지간히 흉내를 내게되자 나는 허 군과 새벽열차의 승강대에서, 협궤열차의 덜커덩거리는 소음을 억누르고 두만강 노래를 목청껏 불렀다. 이렇게 익힌 「눈물젖은 두만강」은 노인이 다 된 지금까지도 허 노인과 함께 합창하고 있다.

　어느날 홀연히 허 노인이 생각나서 집에 전화를 걸었더니 받지를 않는다. 만나면 관악산 둔덕의 백 과부네 판자집에 같이 가서 대포라도 한잔 나누고 싶었다. 술잔이 돌아가다가 거나해지면 우리들은 18번인 「두만강」을 불렀다. 마침내 경쾌한 리듬으로 넘어갈 때는 허 노인은 백 과부를 보듬고 춤도 추었다.

반 년만에 통한 전화에서 허 노인이 6개월 전에 쓰러졌다가 여러 달만에 퇴원하고 큰아들한테 가 있다고 할머니가 알려줬다.

다음날 아침 허 노인 할머니가 일러준대로 동회 윗집으로 찾아갔으나 엉뚱한 집이었다. 집번지도 모르고 찾아갔는지라 서울장안 김 서방네집 찾기였다. 그날 저녁 허 노인 할머니에게 전화를 걸었으나 또 받지 않았다. 3~4개월어 홀렁 지나서야 전화가 통하기에 다시 위치를 물었더니 동회 아래 빌라라고 하면서 아들 이름도 알려줬다.

6·25전쟁 때 월남한 허 노인은 부인 친정집 후원으로 용산 청과시장에서 도매업을 크게 했다. 그런데 부인이 불치의 병으로 세상을 뜨자 일이 손에 안 잡혀 가게 일을 아들에게 맡기고 술로 허탈함을 달래었다. 어느날 허 노인이 술좌석에서 점포를 큰아들의 명의로 이전을 시켜줬다고 하기에, "재산은 죽을 때까지 가지고 있어야 한다던데, 잘한다 잘해"하고 허물없이 핀잔을 줬더니 그는 잠시 생각에 잠겼다가, "뭐 자식인데 설마"하며 자작술을 단숨에 들이켰다.

동생들이 이민 떠난 다음해 큰아들은 전자제품으로 업을 바꿨다. 개점했을 때는 허 노인도 나가서 거들었으나 늙은이가 얼쩡거리면 손님들이 안붙는다고 들어가라고 하여 그때부터 발붙일 곳을 잃어버린 것이다. 소외와 고독을 견디다 못해 집을 나와 떠돌아다니다가 관악산 아래 지하셋방에서 막벌이를 하는 여인과 동거하게 됐다.

아들을 가끔 찾아갔으나 용돈도 제대로 주지 않아서 빈손으로 돌아설 때가 한두번이 아니었다. 비관만 쌓이자 풍을 맞고 쓰러졌다. 병원에서 여러 달만에 퇴원하고 지하셋방으로 돌아온 허 노인은 할머니와 같이 있고 싶었으나 큰아들이 자기집으로 데려왔다.

두 번째 찾아나선 그날 낮에 동회 아래에 내려가 보니 과연 빌라가 나왔다. 현관 우편함 속에서 아들 이름으로 온 고지서를 보고 현관 바로 옆방임을 알게 됐다. 벨을 눌렀더니 여학생이 내다 봤다. 그가 허 노인 아들을 영낙없이 닮았기에 "할아버지 계시냐?"고 물었다. 화장실에 가셨어요 하기에 "옳거니, 아직은 대소변을 받아내지는 않는 모양이구나"하고 안심하였다.

얼마후 뒷뚱거리며 다가오는 허 노인을 보니 그렇게 많던 머리숫은 다 빠져버리고 안경테는 축 늘어져 코밑에 달려 있었다. 일 년도 안된 사이 팍삭 늙어 알아볼 수가 없었다. 그를 따라 문간방에 들어서니 방안이 침침했다. 흐린 날도 아닌데 하고 가엾은 생각이 들었다.

방바닥에는 고리적시대의 담요 한 장이 언제 빨았는지 곤때가 찌들어 있었다. 먹는 것을 물어봤더니 아무거나 다 먹는다고 하기에 무엇이 제일 먹고 싶으냐고 다시 물은즉 없다고 한다.

제대로 걷지도 못해 나가서 사먹지도 못할 터인데 '내게 부담을 안 주려고 그러는가' 싶어서 마음이 언짢았다.

"자네와 나 사이에 못할 말이 있는가"하며 야윈 손을 어루만지자 고개를 숙이고 눈물을 훔치기에, 약해지지 말고 마음을 단단히 먹으라고 달래주고 걷는 연습을 하면 곧 낫는다고 했다.

나가서 걸어보고 싶어도 데리고 나가주는 사람이 없다면서 관악산 집에 돌아가서 할머니의 손을 잡고 걷는 연습을 하고 싶으나 마음뿐이지 이 방구석에 틀어박혀 있다가 죽을 것만 같다한다. 청과시장의 가게를 큰아들에게 넘겨줬을 때 내가 했던 말이 옳았다고 하며 팔십 노안에 또 다시 이슬이 맺혔다. 창밖이 어두어지기에 "아들 며느리가 오기 전에 빨리 가야지, 혹시 저희들 흉이나 안 봤나하고 미움을 살라"했더니 아들 며느리 본 지도 오래됐다고 한다.

"자네방을 들여다보지도 않는가" 하고 물었더니 그렇다고 고개를 끄덕였다. 밥도 같이 안 먹고 식구들이 나간 뒤에 찾아 먹는다고 한다. 대소변을 못가리게 되면 나의 죽마지고우는 굶어 죽겠구나 생각하니 소름이 오싹했다.

방안에 있는 동안 손발이 좀 시렸는데 마루에 나오니 온기가 돌았다. "마루는 훈훈한데 왜 그렇지?"하고 묻자 자기 방은 난방장치가 안돼 있다고 하기에 가슴이 뭉클했다.

손을 잡고 현관까지 나왔는데 불안한 생각이 들어 마당으로 내려서기 전에 팔장을 꼈다. 발을 떼어놓을수록 중심을 못가누기에 허리를 껴안고 조심조심 내디뎠다. 그는 사흘만에 걸어보니 다리가 더 무겁다고 했다. 춤을 추던 다리 힘은 어디로 갔는지? 되돌아와서 방안에 앉혀두고 무거운 발걸음으로 귀가길에 올랐다. 저대로 가다가는 앉은뱅이가 될 것 같다. 다음에 방문할 때는 지팡이라도 구해가야지. 그리고 소주도 한병 차고 가서 술잔을 주고 받으며 마지막으로 흠뻑 취해서,「눈물젖은 두만강」을 함께 같이 부르고 싶다. ☯

천원짜리 점심

나는 '파고다공원'을 가끔 이용한다.

공원에 가서 아예 소일하기 위해 찾아가는 것이 아니고 친구와 그 근처에서 볼일이 있을 때, "파고다에서 만나자"고 약속을 하고 가는 것이다.

먼저 온 사람이 공원 정문 안쪽에서 기다리다가, 상대가 나타나면 같이 걸어서 목적지로 향한다. 목적지라야 점심을 먹기 위해 찾아가는 단골 음식점이다.

공원 입구에서 담을 끼고 돌면 얼마 안 가서 다방도 있다. 그러나 들어가서 앉아 있어봤자, 어물어물하는 사이에 상대가 나타나면 얼른 일어서서 나오게 되므로, "그까짓것 싸지도 않은 차값을, 부담스럽게 지불하면서까지 그럴 필요가 있느냐?"하는 허물없는 우리들끼리의 계산상 그렇게 하는 것이다.

친구와 가끔 찾는 음식점은 개업한 지는 몇 해 안 되지만, 다른 데보다 친절도 하거니와 매사에 정성을 들여서 하는 그의 기업정신이 가상해서 찾아가게 된다.

화장실 세면대에 언제나 포송포송한 깨끗한 타월이 걸려 있는 것도 그 중의 하나이다.

우리는 되도록 구석에 앉는다. 그것은 나이 자신 양반들이 홀 한복판에 떡하니 버티고 앉아 있으면 볼품도 안 좋거니와, 식당 안의 분위기도 무거워지고 주인 측에서도 달가워하지 않기 때문이다.

따지고보면 제돈 내고 먹으면서도 주인의 눈치를 살피는 꼴이 된다.

우리들은 이 집에서 호평이 나있는 갈비탕에 반주를 곁들여가며 적은 소리로 그간의 회포를 풀어간다. 너무 길어지면 주인한테 미움을 산다. 그런데 오늘은 순서가 뒤바뀌었다. 파고다공원에서 만나기로 한 친구가 다른 일이 생겨서 오늘은 점심을 먹고 나온다는 연락이 있기에, 할 수 없이 혼자서 점심을 먹고 파고다공원으로 갔다.

자동판매기에서 커피를 뽑아들고 앉을 자리를 찾고 있는데, 바로 뒤에 옛날의 주춧돌인 듯한 앉아있기에 딱 알맞은 네모진 돌 세 개가 눈에 띄었다.

첫 번째 돌에는 벌써 사람이 앉아 있었고, 돌 두 개는 비어 있었다. 나는 두 번째 돌을 건너 뛰어 세 번째 돌에 앉으려고 하였다. 사람을 옆에 두고 혼자서만 커피를 마시기가 불편해서였다.

그런데 먼저 온 노인이 "그 자리보다는 요 자리가 편하니 이리로 오시오"하며 자기의 옆자리를 가리켰다.

자세히 보아하니 걸터앉는 자리의 가장자리가 세 번째 돌은 날이 서 있었고, 두 번째 돌의 테두리는 밋밋한 게 앉기가 편해 보였다.

내가 고맙다고 인사를 하고 그 곳에 앉아 있으려니까, 노인은 "이

공원에 나오는 지가 하도 오래 되어 이제는 훤하다"하면서 터줏대감 행세를 했다. 그리고 자기 나이가 97세라는 말도 했다.

"그렇다면 백살이 다 된 백수노인이 아닌가?"

휘둥그래진 눈으로 자세히 들여다 보았다.

아무리 뜯어봐도 나보다 얼추 20년도 앞서 가는 대연장자의 티는 찾아 볼 수 없었다.

"세상에 저럴 수가!"

한참을 얼이 뻥뻥한 기분으로 앉아 있는데, 덩치가 큰 노인 한사람이 그를 찾아와서 인사를 하는 것이다.

그 노인도 반갑게 받고나더니 두 사람은 다정한 대화를 시작했다.

고령의 노인이 누군가의 이름을 대면서 "그 사람 오랫동안 안 보이는데 혹 소식을 아는가"하고 묻자, "저도 궁금해하던 중인데 확실한 사연을 모르겠네요"하면서 옆자리로 옮겨가는 것이다.

고령의 노인은 혼자말로 "자주 만나던 사람이 오래 안 보이면 죽은 사람이지, 내가 점심도 많이 사주었는데" 하면서 몹시 궁금해 했다.

얼마 후 고령의 노인은 먼저 노인에게 하고싶은 말이 아직도 남았는지 그의 이름을 부르면서 자리에서 일어나 걷기 시작했다.

그런데 그 노인의 허리는 너무 굽어 있었으며, 걸음걸이도 부축해야 할 정도로 휘청거려서 불안해 보였다.

나는 그것을 보고 비로소 그가 고령임을 느끼게 됐다.

그가 다시 먼저 자리로 돌아왔을 때 나는 커피라도 한 잔 대접하려고 자리에서 일어서는데 이번에는 키가 크고 든든한 몸매의 노인이 그를 찾아왔다.

고령의 노인은 그 사람에게도 오래 안 보인다는 노인 이야기를 다시 털어놨다.

"그 사람 오랫동안 보이지 않는데 아무래도 죽었나 봐?"하자 "그렇다"고 대답하면서 바둑판이 벌어진 앞자리로 가는 것이다.

고령의 노인은 "그 사람과 생전에 친히 지내더니 죽은 것도 알고 있었군"하면서 잠시 생로병사의 허무함에 잠기는 듯하였다.

나와 나란히 자리를 같이한 고령의 노인은 두 번째 다녀간 키가 큰 노인을 가리키며, "저 사람 아이가 셋이나 되어 고생 많이 하지. 내가 저 사람에게도 1,000원짜리 점심을 많이 사 주었어. 저 사람에게 1,000원만 줘요. 저기 가면 1,000원짜리 점심을 파는 곳이 있어요" 하면서 자기를 도와달라는 말은 않고 오히려 자기보다 젊은 편이며 든든해 보이는 사람에게 동정을 하라는 것이었다.

나는 그 노인이 고령자라는 것을 조금 전에 알게 되었지만 옷차림도 꾀죄죄하고 궁색해 보이는 노인이 남들에게 점심을 많이 사줬다는 말에는 그 때까지 수긍이 안 갔다.

나는 바로 전에 점심을 먹고 잔돈으로 치렀기 때문에 주머니에는 만원 권만 한 장 남아 있었다.

그 돈을 바꾸어서 두 노인에게 1,000원씩 주고자 공원내 매점을 찾아가서 500원하는 캔디를 한 갑 사고 잔돈을 받았다.

잔돈으로 바꾸는 데는 담배 사는 것이 좋은 방법이나 나는 담배를 끊었기 때문에 그렇게 한 것이다.

잔돈을 지니고 자리로 돌아와보니 어렵쇼!

그 두 노인들이 보이지 않았다. 주변을 살폈더니 두 노인이 어디론지 가고있는 것이 보였다.

그가 앉아 있던 돌 위에는 차곡차곡 접어놓은 때묻은 은박지 깔개 한 장과 구겨진 오래된 신문 뭉치가 놓여 있었다.

"모르긴 해도 기다리면 제자리로 돌아오겠지"하고 지키고 서 있었더니, 두 노인은 매점에 다녀오는 듯 컵라면을 하나씩 들고 시시닥거리며 돌아오는 것이었다.

나는 컵라면 값이 1,000원이 넘으면 넘는 돈을 얹어 주려고 매점에 다시 가서 알아봤더니 1,000원이 채 안 되었다.

조금 전에 고령의 노인이 저 쪽을 향해 손짓하면서 1,000원짜리 점심이라고 한 것이 바로 이 라면이었음을 알게 되었다.

자리에 돌아와보니 고령의 노인은 제자리에 앉지도 않고 사들고 온 컵라면을 옆사람에게 먹으라고 권하는 것이었다.

그 고령의 노인이 97세인데 비해서 옆의 노인은 20년이상 연하로 보이는 장년의 모습에다가 옷차림도 깔끔했다.

라면이 마음에는 있으나 주변 사람들의 눈치를 보느라 주저하는 듯이 보였다.

"아닙니다. 무슨 말씀을요. 노인장께서 드셔야지요" 사양하고 그 자리를 떠나야 옳은데, 주춤거리면서 떠나지를 않고 있었다.

시간은 오후 한 시가 지나 있었다.

고령의 노인도 시장할 때가 됐는데도 그 라면을 들지 않고 권하기만 하는 것이었다. 계속 들지를 않자 키큰 노인을 부르더니 "저 사람이 라면을 들지 않고 보고만 있네. 어서 들라고 말좀해주게!"하고 시키는 것이었다.

다가온 키큰 노인은 그 광경을 목격하자 눈을 부리부리 뜨고 가당치도 않다는 듯 젊은 노인 앞에 있던 컵라면을 냉큼 양손으로 치켜들어 고령의 노인 앞에 옛소하면서 놓는 것이었다.

이때 고령의 노인은 도리어 야단을 치며 그의 앞에 다시 갔다 놓고 기어이 들게 했다.

나는 고령의 노인에게 다가가서 1,000원짜리 한 장을 손에 쥐어 주었다.

그 노인은 키큰 노인에게 그것을 들어 보이면서 "이 분이 줬어" 하면서 환한 표정을 지었다.

약속시간이 지나도록 오지 않는 친구를 더 기다리지 않고 혼자 공원을 나서면서 고령의 노인이 97세라고 했을 때 믿을 수 없었던 이유를 생각해 보았다.

그것은 욕심 없이 항상 마음을 비우고 지내는 그의 표정이 너무 평화스러웠기 때문임을 알게 되었다.

또한 그 노인이 이제것 많은 사람들에게 점심을 사 주었다는 말도 처음에는 궁색해 보이는 외모와 차림세로는 믿음이 안 갔으나, 이번에 컵라면을 권하는 것을 보고 수긍케 되었다.

나는 항상 남에게 사랑과 도움을 베풀고 사는 그 노인의 행동에서 많은 감동을 받았다.

파고다 공원에서 점심을 굶고 있는 많은 노인들을 보게 될 때마다 나도 8·15해방 직후 굶주리며 고학하던 서러운 시절이 생각나곤 한다.

8·15해방 직후는 공장들이 폐쇄되어 못돌고 있었으므로 내 노동력도 팔 곳이 없었는지라 방황만 하게되고 고달프기만 했다.

어느 추운 겨울날 저녁 나는 모 호텔의 조카뻘 되는 고향 친구를 따라서 그 호텔 주인의 노모를 방문한 바 있었다.

그 노모가 거처하고 있는 방은 군불을 많이 때서 후끈후끈하였다. 노모는 저고리 끈은 풀고 버선도 벗고 있었다.

우리들의 얼었든 몸도 바로 녹았다. 북쪽 고향의 아랫목 생각이 불현듯 떠올랐다.

우리들이 그 노모에게 큰절을 올렸더니 "고생들이 많구나. 섧다 섧다해도 배고픈 것처럼 서러운 게 없지!"하던 말이 지금도 기억에서 사라지지 않고 있다.

기대했던 저녁밥을 못얻어 먹고 돌아서 나올 때 허탈감이 엄습하면서 배고픈 설움을 뼈저리게 느꼈다.

그 후에도 그 노파의 철학은 오래도록 내 곁을 떠나지 않았다.

학업을 마칠 때까지 악몽으로 계속되었다.

그때 나는 20대의 나이라 굶주림을 견뎌낼 수 있었지만, 고령의 노인은 백수가 다 되었는데 한 끼라도 결식한다는 것은 도시 어림도 없는 일이다.

그 노인이 다른 이에게 점심을 사준 날 남는 돈이 없게 된다면 그 때는 끼니를 거르게 될 것이 아닌가.

나보다 남을 먼저 생각하는 이 고령의 노인을 위해 나의 형편으로 그의 선행에 도움이 될 수 있는 일과 방법은 무엇일까. ☯

극장 구경 다했네

　나는 액션스타 '알랭들롱'의 영화를 즐겨보는 편이다. 어느 날 피카디리 극장 앞을 지나오는데 그의 초상화가 크게 붙어 있었다. 표를 사려는 관객들이 장사진을 치고 있기에 나도 뒤에 서서 차례를 기다렸다. 앞에는 50~60명이 포진하고 있었으며, 뒤에도 10여 명이 꼬리를 물고 있었다. 그런데 자세히 보니 그 많은 대열 속에서, 내 나이가 가장 많았다. 20~30년 아래짜리조차 찾아볼 수 없었다. 마치 개나리꽃이 만발한 꽃길에 시들은 목련화 한 송이가 끼어있는 형국 같아서 갑자기 부끄러운 생각이 들었다. 슬며시 대열에서 빠져나왔다. 그대로 종로통으로 직진하려 했으나 사람들의 시선이 뒤통수로 쏠리는 것 같아 구경꾼이 별로 없는 단성사로 피했다. 그런데 이럴수가! 여기에도 함정은 따로 있었다. 층층이 휴게소마다 사람들로 차 있었다. 영화가 끝나기를 기다리는 젊은이들이었다. 여기에도 노년층은 찾아볼 수가 없었다. 상하층을 오르내리며 구석구석 찾아봤으나 내가 숨을 돌릴 곳은 한 군데도 없었다. 나오자니 표가 아깝고 종영 벨이 울릴 때까지 곤욕을 치뤄야 했다. 이제는 극장도 못가게 생겼다.

해방 직후는 그렇지가 않았다. 각모를 쓰고 극장 앞에 서면 몰려오는 시선들로 거북할 때가 많았다. 채플시간에 교무처장이 이런 말씀을 하신 적이 있다. 학생들이 극장 앞에 서있는 것은 보기에 안 좋다고 했다. 그러나 나는 우쭐해보고 싶어서 점심은 못먹어도 극장엔 갔다. 그러나 이제는 서 있을 자리도 없었다. 내가 갈 곳은 안방 극장뿐이다. 극장갈 돈이 굳어졌으니 대신 쓸 용처를 알아봐야겠다.

79세 학생증

모 대학 사회교육원에서 79세 나이에 학생증을 받았다. 받고보니 20대에 겪었던 수난사(受難事)가 생각났다.

지금도 생각하면 가슴이 쿵쾅거린다. 해방 직후 학생증사진에 철인(鐵印)을 찍어 준 곳은 신촌의 우리 학교가 처음이었다. 나무 도장으로 찍은 것보다는 믿음이 더 갔다. 아무튼 젊은 날의 내 학생증은 죽을 뻔했던 나를 살려 준 적이 있다. 어느 여름 방학때였다.

고향이 이북인 탓에 학비조달 차 같은 과의 학우와 약상자를 걸머지고 경기가 좋다는 포항으로 내려갔다. 6·25전쟁 민족수난사를 겪기 전이라 인심이 후하여 꽤 많은 양이 팔려나갔다. 여세를 몰아 경주로 가서 온 시내를 누비고 있는데, 느닷없이 무리지어 우는 매미 소리가 들려왔다. 멜로디를 따라 다가갔더니 태양을 가린 우거진 푸른 숲이 지친 내 시야를 서늘하게 했다.

매미 소리가 절정을 이룬 숲 속의 진한 향기를 심호흡하고 나니 씻은 듯이 피로가 달아났다. 여기가 속세를 벗어난 계림수 입구였

▲ 노장 마라톤 아세아대회 출전기념(대만 타이난 시에서)

다. 그러나 시간에 쫓기는 우리들은 더는 못들어가 보고 발길을 돌려야 했다. 이 고장에서도 매상은 어제와 비슷했다. 저녁에 경주를 떠날 때였다. 나이 많은 주모가 노점에서 법주(法酒)를 팔고 있기에 '경주의 특산물인데 놋잔으로 딱 한 잔만' 했다가 '고학생 주제에' 하고 단념한 후 서라벌의 옛 서울을 아쉽게 떠났다.

늦은 저녁에 안동에 도착하여 하숙비가 싸게 먹는 변두리를 찾아 갔다. 안동교를 건너 근처에 하숙을 잡았는데 밤이 되자 산봉우리에서 봉화가 올라가는 것을 보고 변두리로 붙은 것을 후회하게 됐다. 그 후 봉화도 꺼졌기에 바짓가랑이의 흙먼지를 빨려고 자리에서 일어섰다. '그렇지 않아도 시끌시끌한데' 하며 친구가 말렸다. 그래도 부득부득 강가로 나가 바지를 주무르고 있는데 '누구요?' 하기에 뒤돌아 보니 경찰관이 서 있었다. '고학생인데 친구와 요 뒤의 하숙에 묵고 있다'고 한 즉 나를 앞세우고 하숙에 와서는 친구까지 데리고 지서로 끌고 갔다.

지서 앞에는 높은 바리케이트가 창문을 가리고 있었다. 안에서 술 취한 사람이 고성을 지르다가 우리들이 들어서자 '이 빨갱이 새끼들 쥑여 버린다'하며 장총(長銃)을 들더니 철거덕 장전(裝塡)을 했다. 순간 눈 앞이 캄캄했다. 당시는 빨갱이라고 인정되면 무조건 발사했기 때문이다. 이 때 압송(押送)해온 경찰관이 양팔을 벌리고 '학생들이야 학생'하며 절박하게 가로 막았다. 그러자 '학생증 내놔 학생증'하며 그가 악을 쓰기에 우리는 재빨리 학생증을 내 보였다. '철인이 찍혔는데 가짜라고 할 것인가?' 조마조마했다. 잠시 훑어보고난 취한이 주춤해지자 동료 한 사람이 숙직실로 끌고 갔다. 그 때 압송해온 경찰관이 한 발짝이라도 늦었더라면, 우리는 만취한 경찰의 총탄에 맞아 어이없이 개죽음을 당했으리라.

철인이 찍힌 젊은 날의 학생증이 위기일발의 우리를 이렇게 구해 줬다.

친구의 말을 듣고 무리를 안했더라면 10年이나 감수하는 듯한 공포는 없었을 것을 하고 후회했다.

나는 지금 건강관리에 무리를 하는 것 같다.

젊은 사람들을 따라 전철의 출찰구를 뛰어 넘기도 하고, 평행봉도 따라서 했다. 주위에서 운동의 양을 줄이라고 했지만 고치지 못하고, 조깅도 예전대로 한다. 그러다가 다리나 어깨가 아프면 약방에 가서 인대약을 사먹었다.

약방에 자주 가는 것이 귀찮아서 약사에게 '한번만 먹고도 낫는 독한 약이 없느냐?'고 물었더니 약사는 '젊어지기 전에는 안 되지요’ 하기에 가버린 젊음 때문에 비관해 오던 중, 오늘 79세 학생증을 받게되자 생기발랄했던 20대로 되돌아 간 기분이 들었다.

전에 광화문을 지날 때 상점 유리창에 비친 정복 정모 차림의 내 모습을 보고 가슴 뿌듯했던 그 때처럼, 백화점에서 사람들의 시선을 피하기 위해, 각모를 벗어 들고 건물을 오르내렸던 그때처럼 황홀경에 다시 빠져드는 기분이다. 이제 젊어지는 약은 없어도 된다. 영(靈)한 79세 학생증을 몸에 지녔으니 넌센스 같지만 사랑을 찾아 나설 힘도 생길 것 같다.

무리를 안하고 분수를 지키며 되찾은 황홀경에서 오랜 세월을 머물고 싶다. ☯

한 우물을 파는 사람

밤새 내리던 비가 아침에도 내리고 있었다. 내일은 야외에서 작품 발표가 있는 날인데, 내일도 비가 온다니 걱정이다.

기상청의 예보대로 행사 당일에도 비가 왔다. 별도의 통보가 없기에 예정대로 진행하는 것으로 알고 집합시간에 늦지 않으려고 아침밥도 뜨는둥 마는둥하고 서둘러 집을 나섰다. 오늘 교수님으로부터 내 작품의 총평을 듣는 날이라고 생각하니 가슴이 뿌듯했다.

나는 대학시절 문학에의 꿈을 안고 문과를 다녔다. 졸업 후 취직한 직장이 박봉이어서 생활이 보장되는 건설회사로 옮겨갔다. 그곳에서 몇 년 지난 후 자그마한 사업체를 마련하여 40여 년 자영하다가, 78세에 2세에게 물려 주고, 비로소 습작을 다시 시작했는데, 등단한 것은 다음 해인 79세 이른 봄이다.

이 소식에 접한 내 고향친구인 저명한 시사평론가 Y씨는 나에게 전화로 "우리가 이 세상에서 남기고 갈 것은 글밖에 없으니 열심히 쓰라"고 격려를 해줬다. 그 후 나는 수필집을 후세에 남기고 싶어서

▲ 50년만에 처음 본 언더우드 동상

교수님의 지도를 꾸준히 받는 중이다.

집합장소인 C역전에는 약속시간보다 15분 전에 갔다. 그런데 아무도 안 보였다. 우산을 펴들고 회원들을 찾아다녔으나 아무도 못만났다. 초조해진 나는 한 바퀴 다시 돌았다. 여전히 꿩 구어먹은 소식이다. 귀신에 홀린 것만 같았다. 오늘은 '교수님 심사평을 못 듣게 되는 것인가?' 아까운 생각이 들었다.

나는 전에 모임에 한 번 빠진 일이 있다. 게다가 오늘은 비까지 내리므로 오늘도 안 오는 줄 알고 먼저 출발해 버렸는가?

사실 그 때는 승용차 몇 대에 나눠타고 먼 길을 간다기에 80노인이 껴서 가면 젊은 회원들이 불편하겠기에 빠졌던 것이다. 이번에도 빠지려고 했으나, 내 작품을 심사하는 날이어서 따라나섰던 것이다. 혹시 비 때문에 산행을 단념하고 강의실로 옮겨갔는가? 하고 교실에도 가봤으나 문이 잠겨 있었다. 그러면 오늘은 아침부터 비가 내리므로 휴강인가보다 하고, 발길을 돌렸다. 그러나 패자 같은 서운함은 감출 수가 없었다. 역전에 돌아왔을 때, '그래도' 하고 주차장을 다시 돌아봤다. 그러나 어느 차에서도, 문을 열지 않았다. 하릴없이 역사로 올라왔다. 비바람으로 한 쪽 어깨가 축축했다. 애간장은 활활 탔지만 비를 맞은 빈 속은 으시시했다. 자동판매기에서 커피를 뽑아 마시니 한기가 가셨다.

착잡한 기분으로 H회원에게 핸드폰을 두드렸다. 어렵쇼, 모두가 기다리고 있다는 것이다. 어디냐고 물었더니 역전 주차장이라고 했다. 계단을 쫓아 내려갔더니 이럴수가! 그제서야 창문들이 열려있지 않은가. H회원이 가리키는 승용차에 오르는 순간 수수께끼가 풀렸다. 아무나 오해해서는 안 된다는 생각이 들었다. 실려가면서 모멸감을 느꼈다. 이런 식으로 가게되다니, 야속한 생각이 들었다.

산정에 도착하여 내 작품을 심사하고 난 교수님이, '수고했다'고 박수를 치자고 하자 모두가 쳐 줬다. 그러나 그 소리가 반갑지 않았다. 불현듯 어릴 적 옆집에 살던 순이가 생각났다. 가난한 우체부의 어린 딸 순이가 시집가던 날의 일이다. 그는 박하 분을 곱게 바르고 비단옷까지 입었는데 흐느끼기만 했다. 정든 동생들과 부모 곁을 떠나기가 서러워서였다. 내 비감도 산정의 박수소리로는 달랠 수 없었다. 그것은 한 우물을 못파고 살아온 내 인생길이 너무 한심했기 때문이다. 돌이켜 생각하면 교수님은 나보다 연세도 몇 년 아래시고 나보다 늦게 월남은 하셨어도, 사계에 명성을 떨치시는 박사까지 되셨다. 이것은 한 우물을 파신 때문이리라. 나도 한 우물을 팠더라면 그렇게까지는 못돼도 작품집 한 권쯤은 벌써 펴내고도 남지 않았을까? C역전에서 '내가 이름있는 문사였다면' 하고 쓴웃음이 절로 났다.

이 모두는 내가 한 우물을 파지 못한 탓에 받은 업보였으리라. ☯

끊어진 인간띠

성당에서 미사를 드릴 때 내가 앉는 자리는 거의 정해져 있다.

성당 좌측 가의 가운데 쯤이 되는데 내가 이 곳에 즐겨 앉는 까닭은 헌금상자가 바로 앞에 있어서 섰다가 앉으면 바로 헌금이 끝나기 때문이다.

앞 사람을 따라서 빙빙 돌지 않아도 된다. 그런데 어느 날이었다. 미사 시간이 다 됐을 무렵 내 자리로 찾아갔더니 6인용 벤치에 다섯 명이 앉았고 한 자리가 비어 있기에 서슴없이 그 자리에 끼어 앉았다. 그런데 내 옆에 있던 젊은 여자가 나를 흘깃 하더니 자기 옆의 남자와 바꿔앉는 것이었다.

순간 모욕을 느꼈다.

도대체 얼마나 도도하기에 노인을 이토록 천시하는 것일까? 헌금을 바치면서 얼핏 훑어 봤더니 옷차림도 별로이고 세련미나 교양미도 없어 보였다. 성당에서 미사를 드릴 때 도중에 손에 손을 잡고 성가를 부를 때가 있는데, 아마도 그 때 늙은이에게 손을 잡히기가 께름칙해서 자리를 바꾼 모양이다. 그렇지 않아도 A씨를 만난 후부터는 젊은 사람하고는 손을 안 잡고 나이 많은 사람하고만 손을 잡아왔다.

그것은 친구 A씨를 따라 무도장에 갔을 때였다. 그가 자기 파트너와 춤을 추고 난 후, 외톨이로 앉아 있는 나에게 한 번 잡아 보라고 자기 파트너를 소개하는 것을 해본 지가 오래라고 사양을 했다. 그래도 권하기에 잠시 잡아 본 일이 있었다. 며칠 후에 다시 만난 A씨는 그 날 파트너의 말이 내 손이 거칠고 뻣뻣해서 혹시 장작을 패다 온 사람이 아니냐고 묻더라는 것이다. 나는 부끄럽기보다는 흐뭇한 마음으로, '십수 년 새벽 조깅을 하면서 철봉도 같이 했더니 이렇게 손에 못이 박혀서 그랬다'고 손바닥을 펴 보인 적이 있다. 그 후부터는 옆사람의 손을 잡아야 할 때는 나이가 나와 비슷한 사람일 때만 잡았던 것이다.

뻣뻣한 촉감을 주지 않기 위해서다.

그런데 오늘의 이 여인은 나이 많은 노인의 손을 징그럽게만 생각한 나머지 지레 겁을 먹고 도망을 간 것 같다. 나는 업신여김을 당한 것이 서글퍼지면서 그 여인과 많이 닮은 또 다른 여성이 생각났다.

그것은 얼마 전에 일간지에 실렸던 어느 여대생의 이야기다. 캠퍼스에서 그 여대생이 쪽지를 흘리고 지나가는 것을 나이가 지긋한 수위가 주워서 전해 줬는데 어럽소! 고맙다는 인사는 커녕 무슨 언짢은 일이라도 당한 것처럼 불쾌한 표정을 하고 퉁명스럽게 받아가더라는 것이다. 그 때 만일 주워 준 사람에게 아저씨 고마워요, 하고 가볍게 웃어라도 줬더라면 얼마나 보기가 좋았을까, 하는 줄거리였다.

생각하면 이 두 사람은 닮은 데가 많다. 지금이라도 외로 돌고 있는 저들의 그릇된 발길을 바로 돌리지 않는 한 저들의 전도는 안봐도 훤하다.

그러나 한 편 이런 일도 있었다.

내가 중학교에 다닐 때 서울의 명문 S여전[1]에 다니던 우리 반의 홍고보의 누나는, 생전 모르는 초라한 백발의 노파가 철길을 건너가려고 머뭇거리는 것을 보고 급히 달려가서 부축해 줬다. 그 광경을 지켜 보던 여러 사람들은 "사람은 과연 배워야 한다"고 침이 마르도록 칭찬했다. 이제 박수를 받을 사람은 명백해졌다.

청춘의 심장은 거선의 기관과 같다고 했다. 그처럼 기운찬 지상(至上)의 보물은 젊은이의 전용물이요 신의 값진 선물이기도 하다. 신은 그런 젊음을 노인을 업신여기는 데다 쓰도록 허락하지는 않았을 것이다. 더구나 이 거룩한 성전 안에서……

모름지기 신자일 때는 '주여, 지난 날의 죄를 용서하옵소서', '이웃을 내 몸처럼 사랑하겠나이다' 하고 제단 앞에서 천주님께 빌고 맹세를 해야 하거늘. 거꾸로 교우를 이렇게 차별을 해서야…… 미사가 끝난 후 씁쓸한 생각을 하며 성모상 앞에 이르렀을 때 그래도 나는 신앙인의 금도(襟度)를 지키기 위해 '주여, 제가 저들을 미워하지 않게 해주시옵소서' 하고 기도를 드린 후 가벼워진 발걸음으로 집을 향했다. ☯

---

1) S여전:지금의 숙명여대

노을빛에 기대서서

내가 처음 읽은 소설은 중학교 일학년 때 탐독한 춘원 이광수의 「흙」이었다. 다음이 이태준 작 「상록수」였으며, 그 후도 수시로 소설을 읽었다. 당시는 일정 때여서 결석계를 일본말로 써냈는데, 나는 편지지 몇 장에 우리말로 써낸 적이 있다.

이 일로 우리반의 담임선생이었던 문예평론가 김환태 선생님의 관심을 산 일도 있다. 나는 친구들에게 편지를 많이 써보내는 습관이 있었는데(물론 회답은 십분의 일도 못받았지만) 그런 것들이 내가 글과 친화할 수 있는 계기였던 것 같다.

문학을 하면 단명하고 가난하게 산다고 우리 고모님은 항상 말씀하셨으나, 그저 문학하고 싶은 마음에 개의치 않았다. 그러나 정작 글을 써서 응모하고 싶어도 제출할 곳이 없었다.

8·15 해방이 되던 10월에 월남하여 바로 Y대 국문과에 입학하여 문학에 대한 꿈을 키웠다. 그러나 고학하는 신세여서 모든 것이 어려웠다. 잘 됐다는 영화나 연극 한편 감상하기 어려웠다. 그러나 어

▲ 50년전 강의 받던 모교의 교실 앞에서

쩌다가 점심값이 생기면 배는 굶으면서도 영화구경은 했다. 6.25 전쟁으로 학업이 중단됐다가 9·28 수복 후에 졸업했다.

당시 학교 총장이신 백낙준 박사님의 추천서를 받기란 하늘의 별따기였다. 그런 것을 천우신조로 모 유력 일간지 사장 앞으로 가는 추천서를 받게 됐다.

그러나 집안에서 기자 지망을 반대한 탓에 교단으로 가게 됐다. 그후부터 습작생활을 잠시 했다. 그러나 기자에 대한 미련을 버릴 수 없던 중 방송국으로 옮기게 됐다. 그러나 봉급이 학교보다 적다보니 생활이 어려워서 결국 다음해 신생 시멘트회사로 옮겼다. 급료는 전보다 배가 넘었으나 노가다판이라 술타령이 잦아서 습작과는 점점 멀어지게 됐다. 그래도 문학에 대한 애착을 버리지 못하고 문학지(현대문학)는 거르지 않고 구독하고 일기도 계속 썼다.

당시 그 회사는 정년퇴임이 50세였는데 내 나이가 어느덧 그에 가까워지는 것을 깨닫고 장래에 대한 불안을 떨칠 수 없었다. 생각

끝에 사표를 내고 납품업을 시작했다. 개인사업을 하다보니 모든 것을 혼자서 해결해야 했고, 신경 쓰는 일도 많아서 마침내 수 십 년간 구독하던 문학지도 중단하게 되고, 습작 역시 엄두도 못냈다. 그런 세월을 지속해 오던 중 중학교 동창회에서 교지를 만든다고 원고를 부탁해 왔다. 몇 십 년만에 글을 써서 보냈는데 편집장으로부터 응모작품 중·수작이어서 제일 앞에 실었다는 연락이 왔다. 이 말을 듣고 습작을 다시 하고 싶어졌다. 전부터 몽매간에도 잊은 적이 없던 습작의 꿈이 아니던가? 잡지사에 투고해보라는 친구들의 권유도 있었기에 우선 자영업을 차남에게 물려주고 실로 35년만에 습작을 다시 시작했다. 몇 달 후 「한국수필」에 응모하여 2001년 이른 봄에 등단하게 됐다. 어느덧 내 나이 79세의 일이어서 쑥스럽고 어색하기까지 했다. 하지만 "청춘이란 어떤 시기가 아니오 마음의 상태이다"라고 한 사무엘 울만의 「청춘의 시」를 떠올리며 용기를 가지고 습작에 몰두하고 있다. 옛날에 내가 제자들을 가르쳤듯이, 나 역시 학생으로 되돌아가 가르침을 받으며 습작공부에 열중하고 있다.

지난 날 내가 잠시 습작할 때 많은 도움을 줬던, 해외시사 평론가 양홍모 형은 내가 보낸 작품을 읽고 나서 "우리가 세상에 남기고 갈 것은 글밖에 없다"고 하며 꾸준히 쓸 것을 권했다. 나는 이 말을 새겨듣고 수필집 한 권을 남기고 갈 결심을 하고 입시 공부 때처럼 습작에 몰두하고 있다.

한국문인협회에서 권위 있는 육중한 문을 열고 맞아준 것에 감사를 드린다. 한국문인협회의 여러 문인(文人)들의 많은 격려와 지도 편달을 바랄 뿐이다. ☯

발문

-이동휘의 수필집『마동강을 둘이 건널 때』에 부쳐
이시환(시인,문학평론가)

　희수(喜壽)를 넘기는 해에 〈한국수필〉이라는 문예지에서 작품「눈물 젖은 두만강」과「천 원짜리 점심」으로 수필 부문 신인상을 수상함으로써 수필문단에 나왔고, 그로부터 2년 후인 80의 나이에 첫 수필집을 펴내는 '이동휘'는 과연 누구인가?

　그는 1923년 11월에 황해도 봉산군 초와면 은파리에서 태어나 명신 중학교를 다녔으며, 1945년 11월에 연희전문학교 문학원 국문과에 입학하여 1949년 6월에 연희대학교 문과 A(전 문학원 국문과)를 졸업하였다. 그 뒤 10여 년간 울산, 서울, 강화 등지에서 중고등학교 교원 생활을 하였으며, 그 뒤 직장을 시멘트를 생산하는 회사로 옮겨 그곳에서 정년퇴임하였고, 그 뒤로는 줄곧 개인사업을 해왔다. 그러니까, 서슬 퍼런 일제시대 중반쯤에 태어나 대학을 다니는 중에 6.25전쟁을 만났으며, 그 후 급변해온 우리 현대사의 한 중심에서 살아온 셈이다.

　그런 그가 고령의 나이에도 불구하고 뒤늦게 문학계에 입문하고, 좋은 수필을 쓰기 위해 경희대학교 사회교육원 수필 연구반에서 공부해 왔고, 이제 첫 수필집을 펴내게 되는 것이다. 부정적 시각에서 보면, 문학적 재능이 없는데 할 일이 없어 쓸데없는 욕심을 부리는 것이 아닌가 여기는 이도 있을 수 있겠으나, 늦둥이가 되어 나타난 그에겐 그만의 이유와 목적이 분명히 있다고 본다. 이미, 그가 쓴 작품「노을빛에 기대서서」와「79세 학생증」등에서 읽을 수 있듯이, 명신중학 4학년을 다니던 때에 국어 선생으로 계셨다는 김환태 문학평론가의 영향력과 청소년 시절에 지녔던 문학적 소양이 생업에 전념해야하는 현실적 굴레를 누르고서, 인생의 말년에 되돌아보는 회억과 반추 속에서 과거지사가 얼어붙었던 땅을 헤집고 나오는 봄의 싹처럼 새 옷을 갈아입고 솟아나오기 때문이리라.

이번에 펴내게 되는 그의 첫 수필집에 5부로 나뉘어 실리는 61편의 글들은 거의 다 그의 유년시절부터 오늘에 이르기까지의 삶의 과정에서의 소중한 경험적 요소들이 소재로 선택되어 쓰여졌기 때문에 그의 개인사적인 사실과 진실이 크게 반영되어 있다. 특히, 일제시대에서의 학교 및 가난한 사회생활, 6.25전쟁 중에 38선을 넘는 체험, 대학시절을 마치기 위한 고학의 아픔, 남북분단으로 인한 가족과의 이산, 망향의 설움과 그리움, 현재의 정치적 현실과 물신이 든 세태, 그리고 오늘에 이르기까지 살아오면서 특별한 인연으로 만났던 여러 유형의 사람들과의 관계 등이 좋은 글감이 되고 있다.

그런 탓에 글 속의 주된 시대적 배경은 거의 일제시대이거나 6.25전쟁 전후이고, 일부가 근자인 현 시대인 것이다. 그리고 주 내용인 즉 수필가 개인의 삶이거나 그와 직접적으로 관련되어 있는 주변 인물들과의 각별한 관계나 사연에 초점이 맞추어져 있다. 따라서 일련의 글들을 읽으면 요즈음의 정황과는 현저히 다른 옛 이야기를 듣거나 읽는 것 같으며, 수필가 개인과 주변 인물들이 살아가는, 혹은 살다간 삶의 태도 내지는 가치관의 일면을 확인할 수는 있을 것이다. 특히, 시대적 배경과 사회적 정황은 크게 달라져 있다 하더라도 살아가는 주체인 인간 삶의 가치관은 본질적인 요소이어서 현재의 '나'와 은연중 비교되기도 하며, 무엇이 진정으로 인간다운 삶인가를 생각게 할 것이다.

그리고 나이 80을 전후하여 파고다 공원에서 만나게 되는 노인들과 자신의 친구들의 삶을 통해서 노인들의 소외, 궁핍, 홀대, 외로움 등의 심경이 잘 드러나 있어 새삼스레 노인복지와 삶의 질에 대해서까지도 생각게 한다. 여기 61편의 작품을 관류하는 기본 정신은 용서, 관용, 정직, 의리, 망향, 인간 존중과 사랑의 정신이 상실되어가는 세태, 건강, 인과의 법칙 등의 용어로 요약될 것이다. 이들을 한마디로 줄인다면 결국 인간 중심의 인간사랑 곧 휴머니티가 될 것이다. 문제는 편 편의 작품 속에서 작가의 의도와 작품의 주제가 얼마나 효과적으로 부각되고 있느냐이며, 그 방법론일 것이다. 덧붙이자면, 가능한 한 적절한 단어 선택과 바른 문장 등이 전재되어야 하고, 또 이야기 전개 과정 자체가 주제 부각에 적절한 것만으로 짜이는 구조상의 합목적성이 있어야 한다. 게다가, 이야기의 내용 자체가 삶의 의미를 증폭시켜 주는, 독자들의 관심과 재미와 유용한 정보 등을 포함하는 작가의 진실이어야 할 것이다. 이런 맥락위에서 본다면, 이동휘의 수필은 분명 본질적인 내용면에서는 우리들의 호기심을 자극하고 감동을 줄 수 있는, 의미 있는 것임에 틀림없다고 본다. 그러나 이야기 전개상의 구조나 문장 등 형식적 요소에 있어서는 다소의 껄끄러움이 있고, 깊게 사유했어야 할 부분들이 가볍게 처리되는 경향이 있다고 본다. 물론, 창작상의 이런 문제들이 온전히 극복되려면 엄청난 시간의 지속적인 노력과 수련이 뒤따라야 하는 것이고 보면, 작가의 경우 오랫동안 생업에 전념하고 창작을 멀리해 왔기에 피하기가 어려운 한계가 아닌가 싶다.

그렇지만 80평생을 살면서 많은 생각을 하게하고, 잊을 수 없는 특별한 사건이나 경험적 요소들에 대해 반추하면서 나름대로 의미를 부여하는 글들인 만큼 최소한의 일독의 의미를 보장해주리라고는 믿는다. 특히, 미학적으로, 혹은 인간적으로 본질적인 문제를 논의하게 하는 좋은 글감이 많다는, 다시 말해 문학으로써 이야기꺼리가 되는 좋은 소재를 많이 가지고 있는 점은 부인할 수 없다.

아무쪼록, 이동휘 수필가의 이 창작집이 널리 읽히어 작가가 꿈꾸고 기대해온, 정직하고, 바르고, 인정이 넘쳐나는, 신뢰할 수 있는 인간관계와 사회가 정립되는 데에 기여했으면 하는 바람이다.

2003년 5월 26일

마동강을 둘이 건널 때

2003년 6월 20일 초판인쇄
2003년 6월 25일 초판발행
지은이:이 동 휘
펴낸이:이 혜 숙
펴낸곳:도서출판 신세림
      100-015 서울특별시 중구 충무로5가 19-9 부성B/D 702호
등록일:1991. 12. 24
등록번호:제2-1298호
전화:02-2264-1972
팩스:02-2264-1973
E-mail:shinselim@chollian.net

정가 8,000원

ISBN 89-85331-94-9, 03810